Unter Freunden

FSC
www.fsc.org

MIX

Papier aus ver-
antwortungsvollen
Quellen
Paper from
responsible sources

FSC® C105338

Unter Freunden

Finnische Jugendliche schreiben über Deutschland und deutsche Jugendliche über Finnland

ERGEBNISSE DES SCHREIBWETTBEWERBS VON
DAS FINNISCHE BUCH E. V.

Unter der Schirmherrschaft von
Botschafterin Päivi Luostarinen

Redaktion: Burkhart E. Poser und Detlef Wilske

Bibliografische Information der Deutschen Nationalbibliothek

Die Deutsche Nationalbibliothek verzeichnet diese Publikation in der Deutschen Nationalbibliografie; detaillierte bibliografische Daten sind im Internet über http://dnb.d-nb.de abrufbar.

Abbildungsverzeichnis

Die in diesem Buch verwendeten Fotos wurden von den Beiträgerinnen und Beiträgern zur Verfügung gestellt.

© Copyright 2016 by Das finnische Buch e. V.

Alle Rechte, insbesondere das Recht der Vervielfältigung und Verbreitung sowie der Übersetzung, vorbehalten. Kein Teil des Werkes darf in irgendeiner Form (durch Fotokopie, Mikrofilm oder ein anderes Verfahren) ohne schriftliche Genehmigung der Rechteinhaber reproduziert oder unter Verwendung elektronischer Systeme verarbeitet, vervielfältigt oder verbreitet werden.

Umwelthinweis: Dieses Buch wurde auf auf FSC®-zertifiziertem Papier (Lizenzcode: C105338) gedruckt.

Umschlaggestaltung: Felix T. Wedel
Umschlagfotos: Lars Weber (vorn) und Burkhart E. Poser (hinten)

Herstellung und Verlag: BoD – Books on Demand, Norderstedt
ISBN 9783741222351

Inhalt

Vorwort / Esipuhe   7

Ann-Sophie Klein (9 Jahre / vuotta)
Mein Bruder hat eine Patentante aus Finnland   10
Veljelläni on suomalainen kummitäti   11

Helmi Virtanen (12 vuotta / Jahre)
Olipa kerran pölypunkki   14
Es war einmal eine Hausstaubmilbe   15

Julius Klein (6 Jahre / vuotta)
Meine finnische Patentante   16
Suomalainen kummitätini   17

Linus Klein (8 Jahre / vuotta)
Meine Mutter hat eine finnische „Familie"   18
Äidilläni on suomalainen "perhe"   19

Lola Halek (11 vuotta / Jahre)
Minun Suomeni   20
Mein Finnland   21

Nea Santa (11 vuotta / Jahre)
Minä olen berliininmunkki   24
Ich bin ein Berliner Pfannkuchen   25

Anni Häggman (13 vuotta / Jahre)
Rosa ja Anna-Sofia – Uudet ystävät   42
Rosa und Anna-Sofia – Neue Freundinnen   43

Lars Weber (13 Jahre / vuotta)
Kid's for Kid's. „Eine Reise ins Abenteuerland"   46
Kid's for Kid's. "Matka seikkailujen maahan"   47

Liia Louhikoski (13 vuotta / Jahre)
Elämä   58
Leben   59

Matti Christmann (15 vuotta / Jahre)
Suomi 68
Finnland 69

Richard Spiering (16 Jahre / vuotta)
Ich berichte über meine Reise nach Finnland 76
Kerron matkastani Suomeen 77

Sanni Marttinen (13 Jahre / vuotta)
Leena in Deutschland 82
Leena Saksassa 83

Jennifer Paech (18 Jahre / vuotta)
Schüleraustausch nach Finnland 92
Oppilasvaihtoon Suomeen 93

Niklas H. Tonnätt (17 Jahre / vuotta)
Meine Finnlandreise 98
Suomen-matkani 99

Das finnische Buch e. V. /
Rekisteröity yhdistys Das finnische Buch 107

Vorwort

Liebe Leserinnen und Leser,

der Verein „Das finnische Buch e. V." unterstützt auf vielfältige Weise die Herausgabe von finnischer Literatur in deutscher Sprache und Büchern über Finnland. Damit soll das Interesse an Finnland und am Lesen zugleich geweckt werden. Und wer gern liest, schreibt auch gern. So entstand die Idee eines Schreibwettbewerbs. Unter dem Motto „Finnische Jugendliche schreiben über Deutschland und deutsche Jugendliche über Finnland" riefen wir Schülerinnen und Schüler bis 19 Jahre aus Finnland und Deutschland auf, über ihre Erfahrungen und Erlebnisse mit dem jeweils anderen Land, seinen Menschen und seiner Kultur zu schreiben. Dadurch sollten die Schreiblust angeregt, das Interesse füreinander gefördert werden, Vorurteile ausgeräumt werden.

Eine Jury bewertete die eingesandten Beiträge in den Altersgruppen 17–19 Jahre, 13–16 Jahre und unter 13 Jahren und entschied über die Vergabe der ausgelobten Büchergutscheine und Bücher. Die prämierten Beiträge werden nun in diesem Buch mit dem Titel „Unter Freunden" veröffentlicht, nachdem sie in die jeweils andere Sprache übersetzt wurden.

Wir danken den fleißigen Autorinnen und Autoren für die interessanten Beiträge und den

Lehrerinnen und Lehrern, die sich der Sache angenommen haben. Dank gilt auch den Übersetzerinnen und Übersetzern für ihr engagiertes Mitwirken.

Vor allem danken wir Frau Päivi Luostarinen, die als finnische Botschafterin in Deutschland zum Zeitpunkt der Ausschreibung die Schirmherrschaft über dieses Vorhaben übernommen hatte.

Berlin im Dezember 2015

Burkhart E. Poser
Vorsitzender des Vereins „Das finnische Buch e. V."

Esipuhe

Hyvät lukijat,

Das finnische Buch -yhdistys (r. y.) pyrkii tukemaan omalla toiminnallaan monilla eri keinoin suomalaisen ja Suomea käsittelevän kirjallisuuden saksannosten ilmestymistä Saksan kirjamarkkinoille. Toiminnan tarkoituksena on herättää kiinnostusta samalla sekä Suomea että myös lukemista kohtaan. Ja se joka lukee mielellään, kirjoittaa myös mielellään. Näin syntyi ajatus kirjoituskilpailusta, jonka mottona oli

"Suomalaiset nuoret kirjoittavat Saksasta ja saksalaisnuoret Suomesta". Kirjoituskilpailu oli avoin kouluikäisille lapsille ja nuorille 19. ikävuoteen asti, ja tehtävänä oli kertoa omista kokemuksista juuri siinä toisessa maassa, ihmisistä, koetuista asioista sekä kulttuurista. Täten toivoimme herättävämme halun kirjoittaa sen lisäksi, että kiinnostus toista kulttuuria kohtaan kasvaisi ja ennakkoluulot hälvenisivät.

Palkintolautakunta arvioi kolme eri ikäryhmää: 17–19-vuotiaat, 13–16-vuotiaat sekä alle 13-vuotiaat ja palkitsi voittajat joko kirjoilla tai kirjakaupan lahjakirjoilla. Voittajakirjoitukset on nyt koottu tähän teokseen otsikolla "Ystävien kesken" ja käännetty saksaksi tai suomeksi, lähtökielen mukaan.

Kiitämme lämpimästi kaikkia kilpailuun osallistuneita sekä niitä opettajaa, jotka kertoivat kilpailusta oppilailleen ja huolehtivat heidän osallistumisestaan kisaan. Kiitos myös tekstien kääntäjille.

Erityinen kiitos kuuluu suurlähettiläs Päivi Luostariselle, joka oli kilpailun alkaessa vielä Suomen Saksan-suurlähettiläs ja lupautui tällöin hankkeen suojelijaksi.

Berliinissä joulukuussa 2015

Burkhart E. Poser
Das finnische Buch -yhdistyksen puheenjohtaja

Ann-Sophie Klein (9 Jahre)

Mein Bruder hat eine Patentante aus Finnland und die war schon mal bei mir in der Schule und hat dort Unterricht gemacht. Sie ist nämlich Lehrerin. Sie hat über Finnland erzählt und wir alle konnten auch Fragen stellen. Es war lustig, denn sie fragte zuerst, wo denn der Beamer für die Power Point Präsentation steht ☺. In Finnland in der Schule gibt es solche wohl in jedem Klassenraum. In unserer Schule hier in Offenbach aber nicht. Da gibt es gar keinen oder man muss den vorher bestellen von anderen Schulen. Aber dann haben wir die ganzen Bilder von Finnland so am Laptop gesehen und haben im Kreis gesessen, das ging auch so und war schön. Auch unsere Lehrerin fand das super, denn sie wusste auch noch nicht so viel über Finnland. Jetzt weiß ich, dass wir sogar einen richtig finnischen Baum hier im Schulhof haben, eine Birke. Ich habe dann auch ein wenig Finnisch gelernt, immer wenn Aira hier ist bei uns, und jetzt sage ich jedes Jahr an Weih-

Ann-Sophie Klein (9 vuotta)

Veljelläni on suomalainen kummitäti, joka kävi meillä koulussa opettamassakin. Hän on nimittäin opettaja. Hän kertoi Suomesta ja me oppilaat saimme esittää kysymyksiä. Se oli hassua, koska hän kysyi ensin, missähän on videotykki power point -esitystä varten ☺. Suomen kouluissa sellainen kai on joka luokkahuoneessa. Meidän koulussamme täällä Offenbachissa niin ei kuitenkaan ole. Koko koulussa ei ole ainuttakaan tai sitten se täytyy tilata etukäteen jostain toisesta koulusta. Niinpä katselimme kaikki Suomen kuvat suoraan kannettavalta tietokoneelta ja istuimme ringissä, sujui se niinkin ja oli kivaa. Opettajammekin mielestä esitys oli loistava, koska hänkään ei vielä tiennyt kovin paljoa Suomesta. Nyt tiedän, että koulumme pihalla on jopa oikein supisuomalainen puu, koivu. Olen myös oppinut vähän suomea, aina kun Aira on meillä kylässä, ja nyt toivotan joka vuosi koulun joulujuhlassa "Hyvää joulua ja onnellista uutta vuotta" suomeksi. Väritin sitä varten myös Suomen lipun. Koulussamme on oppilaita melkein 40 maasta, mutta kukaan ei tule Suomesta ja kaikki kysyvät minulta, kuinka osaan sanoa sen suomeksi. Opettajakin lukee nyt meille luokassa aina suomalaisia kirjoja (tietysti saksaksi!), niiden nimi on ELLA ja minusta ne ovat tosi hauskoja. Kotona olemme jopa jo kuunnelleet kaikki ELLA-kirjat ja niiden

nachten an unserer Schule bei der Weihnachtsfeier die Weihnachtsgrüße auf Finnisch, das heißt: Hyvää Joulua ja onnellista Uutta Vuotta. Ich habe dafür auch eine Finnlandfahne gemalt. In unsere Schule gehen Kinder aus fast 40 Ländern, aber wir haben hier kein Kind aus Finnland und alle fragen mich, woher ich das auf Finnisch sagen kann. Auch meine Lehrerin liest uns jetzt immer in der Klasse finnische Bücher (natürlich auf Deutsch!) vor, die heißen ELLA und die finde ich ganz lustig. Zu Hause haben wir sogar alle ELLA-Bücher und auch die Hörbücher schon gehört und in der Schule liest uns unsere Lehrerin immer beim Frühstück ein weiteres Kapitel vor. Wir haben schon ELLA IN DER SCHULE, ELLA IN DER ZWEITEN KLASSE, ELLA AUF KLASSENFAHRT gelesen und als nächstes lesen wir ELLA UND DAS GROßE RENNEN. Den Film habe ich mit meinen Eltern und Brüdern jetzt in den Weihnachtsferien auch im Kino in Frankfurt gesehen. Ich freue mich auf unsere große Finnlandfahrt mit meiner Familie.

äänikirjat ja koulussa opettaja lukee aina aamupalalla uuden luvun. Olemme lukeneet jo kirjat ELLA JA KAVERIT 1 JA 2 sekä ELLA LAPISSA ja seuraavaksi luemme kirjan ELLA JA ÄF YKSI. Joululomalla kävin katsomassa sen elokuvana vanhempieni ja veljieni kanssa Frankfurtissa. Odotan jo innolla perheemme suurta Suomenmatkaa.

Übersetzerin: Anne Mäkelä

Helmi Virtanen (12 vuotta)

Olipa kerran pölypunkki,
joka lähti vierailemaan Saksaan
– hotellin se varasi jo kotonaan.
Mukaan se pakkasi paitoja kaksi
ja lentokoneella lensi.

Laskeuduttuaan
se lähti pomppimaan
jätskikiskaa kohti
ja se jonkun aikaa pohti,
ottaisiko punaista vai valkoista
vai ehkä keltaraitaista?
Lopulta se tyytyi turkoosiin
ja lähti nukketeatteriin.

Se oli kuitenkin peruttu.
– No voi! Täytyy kai lähteä hotelliin,
pölypunkki huokaisi
ja kiveä potkaisi.
Mutta kiven alta paljastui pääsylippu,
jossa komeili nimi tuttu:
– Ahaa, tällä museoon pääsen
ja ratkaisen arvoitukset aikakausien.
Sitten se lähti
ja hotelliin menon myöhemmäksi jätti.

Helmi Virtanen (12 Jahre)

Es war einmal eine Hausstaubmilbe,
die wollte Deutschland mal besuchen
und konnte zuhause das Hotel schon buchen.
Sie packte ein Hemd ein, ein zweites
und nahm das Flugzeug ohne weiteres.

Nachdem sie gelandet
ging sie ganz indiskret
rüber zum Eisverkauf
und dachte runter und rauf,
nimmt sie rot oder weiß
oder gelbstreifig das Eis.
Türkis nahm sie am Ende
und ging ins Puppentheater behände.

Aber die Veranstaltung war heut aus.
O weh, dann muss ich nach Haus,
ins Hotel, seufzte die Milbe
und trat den Stein ganz wilde.
Aber ein Ticket lag unter dem Stein,
ein berühmter Name darauf erscheint:
Ah, im Museum will ich mich wundern
und lösen die Rätsel des Jahrhunderts.
Dann fort sie stob
und den Gang ins Hotel auf später verschob.

      Übersetzer: Detlef Wilske

Julius Klein (6 Jahre)

Meine finnische Patentante

Ich habe eine Patentante aus Finnland. Sie heißt Aira. Sie war schon bei mir im Kindergarten und hat über die Tiere in Finnland erzählt. Seit meiner Taufe bekomme ich zu jedem Geburtstag einen silbernen Löffel geschenkt. Das macht man so in Finnland.

Julius Klein (6 vuotta)

Suomalainen kummitätini

Minulla on suomalainen kummitäti. Hänen nimensä on Aira. Hän on käynyt luonani lastentarhassa ja kertonut Suomessa elävistä eläimistä. Kastetilaisuudestani lähtien olen saanut jokaisena syntymäpäivänäni hopeisen lusikan lahjaksi. Suomessa on tapana tehdä niin.

Übersetzer: Lasse Poser

Linus Klein (8 Jahre)

Meine Mutter hat eine finnische „Familie", also das ist Aira und Lasse, Anna und Janne. Meine  Mutter war früher oft bei ihnen in Finnland und hat mit den Kindern Deutsch gesprochen, jetzt besuchen uns die Finnen oft. Wir fahren im nächsten Sommer zu ihnen, darauf freue ich mich. Aira war schon bei mir im Kindergarten in meiner Gruppe. Sie hat dort ganz viel erzählt über Finnland und was es dort für Bäume und Blumen gibt und auch die Elche und andere Tiere. Ich freue mich immer wenn sie bei uns ist. Sie erzählt uns Kindern Geschichten von den Muumins, das sind so kleine Nilpferde. Sie haben auch Koffer und Tassen von den Muumins. Im Frühling waren wir mit allen zusammen in Frankfurt in einem Museum, das heißt Struwwelpeter Museum. Da haben wir gesehen, dass es auch in Finnland einen Struwwelpeter gibt. Ich habe da auch ein bisschen Finnisch gelernt, ich kann schön zählen und witzig ist, dass Airas Mann Lasse auch aus Finnland kommt, aber er spricht Schwedisch. Schwedisch verstehe ich viel besser, das hört sich an wie Deutsch.

Linus Klein (8 vuotta)

Äidilläni on suomalainen "perhe", eli Aira ja Lasse, Anna ja Janne. Äitini oli aikaisemmin usein heidän luonaan Suomessa ja puhui lasten kanssa saksaa. Nykyään suomalaiset käyvät meidän luonamme usein kylässä. Matkustamme ensi kesänä heidän luokseen, mistä olen iloinen. Aira on vieraillut luonani lastentarhan ryhmässä. Hän kertoi paljon Suomesta ja siitä, minkälaisia puita ja kukkia siellä on ja myös hirvistä ja muista eläimistä. Olen aina iloinen, kun hän tulee käymään. Hän kertoo meille lapsille tarinoita muumeista. Ne ovat sellaisia pieniä virtahepoja. Heillä on myös muumilaukku ja muumiastioita. Keväällä olimme kaikkien kanssa Frankfurtissa museossa, jonka nimi on Struwwelpeter Museum. Näimme siellä, että Suomessakin on Struwwelpeter, eli Jörö-Jukka. Opin siellä myös hiukan suomea, osaan laskea hyvin ja hauskaa on, että Airan mies Lasse tulee myös Suomesta, mutta hän puhuu ruotsia. Ruotsia ymmärrän paljon paremmin, se kuulostaa saksalta.

Übersetzer: Lasse Poser

Lola Halek (11 vuotta)

Minun Suomeni

Minun mielestäni Suomi on aivan mahtava maa. Olen ollut jo monta kertaa Suomessa sukulaiseni ja kavereideni luona ja tutustunut erilaisiin Suomen kaupunkeihin. Joka toinen vuosi minä ja perheeni käymme Kuopiossa. Olemme siellä aina noin pari viikkoa minun tätini, setäni ja kahden serkkuni luona. Teemme aina kivoja asioita, esimerkiksi menemme uimarannalle tai leikimme suomalaista juoksuleikkiä purkkista. Sen jälkeen menemme usein maalle isotädin luo, joka asuu vihreässä mökissä keskellä metsää. Mutta me emme aina mene vain samaan paikkaan, vaan esimerkiksi viime vuonna me kävimme Helsingissä. Olimme Korkeasaaressa ja Linnanmäellä ja monissa muissakin paikoissa. Kerran kun me olimme Tampereella, sain olla päivän suomalaisessa koulussa. Siellä oli erilaista kuin saksalaisessa koulussa. Suomalaisessa koulussa oli tosi kivaa. Suomessa koulut ovat (minun mielestäni) kivampia, koska suomalaiset opettajat eivät huuda niin paljon kuin saksalaiset. Lisäksi joka tunnin jälkeen suomalaisissa kouluissa on välitunti ja oppitunneilla on enemmän vaihtelua kuin Saksassa.

Minä pidän myös suomalaisista saduista kuten Kalevalasta. Kun olin nuorempi, äiti luki

Lola Halek (11 Jahre)

Mein Finnland

Ich finde, Finnland ist ein ganz tolles Land. Ich war schon viele Male bei meinen Verwandten und Freunden in Finnland und habe verschiedene Städte in Finnland kennengelernt. Alle zwei Jahre fahre ich mit meiner Familie nach Kuopio. Dort sind wir immer etwa zwei Wochen bei meiner Tante, meinem Onkel und meinen beiden Cousins. Wir machen immer schöne Sachen, wir gehen zum Beispiel an den Strand oder spielen das finnische Laufspiel Purkkis. Danach fahren wir oft aufs Land zur Großtante, die in einer grünen Hütte mitten im Wald wohnt. Aber wir fahren nicht immer nur an die gleichen Orte. Im letzten Jahr waren wir zum Beispiel in Helsinki. Wir waren auf Korkeasaari und in Linnanmäki und auch an vielen anderen Orten. Einmal, als wir in Tampere waren, durfte ich einen Tag in einer finnischen Schule sein. Dort ist es anders als in der deutschen Schule. In der finnischen Schule war es wirklich prima. In Finnland sind (meiner Meinung nach) die Schulen toller, weil die finnischen Lehrer nicht so viel schreien wie die deutschen Lehrer. Außerdem gibt es an finnischen Schulen nach jeder Stunde eine Pause, und die Stunden sind abwechslungsreicher als in Deutschland.

usein suomalaisia satuja ja tarinoita minulle ja sisaruksilleni. Minusta on hienoa, että osaan puhua suomen kieltä. Suomi on minulle vähän kuin salakieli. Voin puhua äitini kanssa jostain, mitä en halua jokaisen ymmärtävän.

Seuraavina vuosina haluaisin mielelläni pohjoiseen katsomaan Korvatunturia ja ennen kaikkea revontulia. Mutta voin odottaa vielä pari vuotta, ennen kuin pääsen Pohjois-Suomeen.

Ich mag auch die finnischen Märchen, wie das Kalevala. Als ich jünger war, hat meine Mutter mir und meinen Geschwistern oft Märchen und Geschichten vorgelesen. Ich finde es toll, dass ich Finnisch sprechen kann. Finnisch ist für mich ein bisschen wie eine Geheimsprache. Ich kann mit meiner Mutter über etwas sprechen, von dem ich nicht will, dass es ein anderer versteht.

In den nächsten Jahren möchte ich gerne in den Norden fahren und den Korvatunturi sehen und vor allem die Nordlichter. Aber ich kann noch ein paar Jahre warten, bis ich nach Nordfinnland komme.

Übersetzerin: Petra Sauerzapf-Poser

Nea Santa (11 vuotta)

Minä olen berliininmunkki

– En keksi, en keksi, huokaisi Nea. Hän heitteli paperipalloja roskiin ja yritti keksiä aiheen. Nea rakasti kirjoittamista ja halusi kirjailijaksi, hänellä oli vaaleat hiukset ja ruskeat silmät. Nealla meni jo melkein hermot. Hän ei kestänyt, että päässä ei ollut yhtään ajatusta. Nea piti tauon ja alkoi lukemaan kirjoja. Hän ei saanut ideaa niistäkään. Nea käveli portaita alas hakemaan välipalaa. Äiti katsoi Neaa ja kysyi – No, miksi olet noin allapäin? Nea katsoi kummallisesti äitiä ja jatkoi sitten voitelemista. – En saanut vastausta? Äiti katseli Neaa uteliaalla ilmeellä. – No hyvä on! Nea vihdoinkin vastasi ja jatkoi sitten – En ole keksinyt uutta kirjaani ... v-vielä. Äiti ei kestänyt katsoa Neaa surullisena, joten hän lohdutti – Voi sinua, anna ajatuksesi päästä ulos niin keksit varmasti jotain. Nealle tuli hymy huuleen ja hän juoksi yläkertaan. Hänen huoneensa oli aivan sotkuinen, joka puolella paperipalloja ja kyniä lattialla. Hän meni valkoisen kaapin luokse, joka oli täynnä kirjoja. Nea etsi sieltä matkapäiväkirjan, jossa oli kuvia. Hän otti sen, sitten hän meni pehmeään nojatuoliin. Nea alkoi selailemaan kirjaa ja tämä oli hänen mielestään niin ihanaa aikaa. Hän muisteli kesän vaiheita. Nea avasi seuraavan sivun, jossa luki "Saksa". Nealle tuli

Nea Santa (11 Jahre)

Ich bin ein Berliner Pfannkuchen

„Mir fällt einfach nichts ein.", seufzte Nea. Sie warf ein Papierknäuel nach dem anderen in den Papierkorb und versuchte, sich ein Thema auszudenken. Nea liebte das Schreiben und wollte Schriftstellerin werden, sie hatte helles Haar und braune Augen. Nea verlor beinahe schon die Nerven. Sie konnte es nicht aushalten, dass ihr keine Ideen in den Kopf kamen. Nea machte eine Pause und fing an, Bücher zu lesen. Auch die brachten ihr keine Ideen. Nea lief die Treppe hinunter, um sich einen Snack zu holen. Mama sah Nea an und fragte: „Na, warum bist du so niedergeschlagen?" Nea sah Mama seltsam an und schmierte dann weiter ihr Butterbrot. „Kriege ich keine Antwort?" Mama betrachtete Nea mit neugieriger Miene. „Also gut!", antwortete Nea endlich und sagte dann: „Ich habe ... n-noch keine Ideen für mein neues Buch." Mama konnte Nea nicht so traurig sehen, also tröstete sie sie: „Ach du Arme, lass deine Gedanken einfach raus, dann fällt dir bestimmt etwas ein." Neas Gesicht hellte sich auf, und sie rannte nach oben. Ihr Zimmer war völlig unaufgeräumt, überall Papierknäuel und Stifte auf dem Fußboden. Sie ging zum weißen Schrank, der voll von Büchern war. Nea suchte dort ihr Reisetagebuch mit den Bildern. Sie

mieleen Saksan matka. Hänen mielestään se oli niin kiva matka, että siitä olisi voinut kirjoittaa kirjan. – NYT SEN SANOIN!, Nea huusi, että koko talo kuuli. Hänen äitinsä juoksi täyttä vauhtia ylös, avasi huoneen oven ja kysyi hengästyneenä – Onko kaikki kunnossa, kun huusit niin kovaa? Nea kertoi äidilleen – Sain mahtavan idean, kirjoitan Berliinistä, jossa olimme kesällä. Äitikin oli innoissaan – Sanoinhan, pitää päästää vain ajatukset ulos. Sitten hän lähti Nean huoneesta. Nea mietti matkaansa siihen asti kunnes nukahti. Hän jopa näki unta Berliinistä.

Aamulla hän heräsi varhain. Sitten hän meni syömään aamupalaa, laittoi vaatteet päälle ja otti kynän, paperin, kumin ja muut piirrustusvälineet esille. Nea mietti itsekseen – Aloitan sen näin.

"Koulun loppuessa lähdimme isäni, siskoni ja ukin kanssa neljän päivän reissulle Berliiniin. Ekana aamuna istuimme Berliinin kahvilassa syömässä aamiaista. Katselin ohi käveleviä ihmisiä, jotka tulivat metroasemalta. Menin sisälle ukin kanssa katsomaan mitä siellä oli. Katsoin pöytää, joka oli täynnä leipiä. Kun katsoin taaksepäin huomasimme kaksi juomakonetta. Toisessa oli kolme desilitraa ja toisessa kaksi desilitraa. Aloimme katsella miten tämä toimii, kunnes Ukki otti pienen mukin ja laittoi sen kolmen desilitran juomakoneeseen. No, tieten-

nahm es heraus, dann setzte sie sich auf den weichen Sessel. Sie fing an, in dem Buch zu blättern, sie fand die Zeit damals so schön. Sie dachte zurück an den Sommer. Sie klappte die nächste Seite auf, auf der „Deutschland" stand. Sie erinnerte sich an die Deutschland-Reise. Ihrer Meinung nach war das so eine tolle Reise, dass man darüber ein Buch hätte schreiben können. „DA HABE ICH ES DOCH SCHON!", rief Nea, so dass man es im ganzen Haus hörte. Mama rannte blitzschnell nach oben, öffnete die Zimmertür und fragte außer Atem: „Ist alles im Ordnung, du hast so geschrien?" Nea erzählte Mama: „Ich habe eine super Idee bekommen, ich werde über Berlin schreiben, wo wir im Sommer waren." Mama war auch begeistert: „Ich habe doch gesagt, man muss nur die Gedanken rauslassen." Dann verließ sie Neas Zimmer. Nea dachte an ihre Reise, bis sie einschlief. Sie träumte sogar von Berlin.

Am Morgen wachte sie früh auf. Dann ging sie ihr Frühstück essen, zog sich an und nahm Stift, Papier, Radiergummi und weitere Schreibutensilien heraus. Nea dachte sich: „So fange ich an."

„Nach Schulende reiste ich mit Mama, Papa, meiner Schwester und Opa für vier Tage nach Berlin. Am ersten Morgen saßen wir in einem Berliner Café und frühstückten. Ich betrachtete die vorbeilaufenden Menschen, die aus der U-Bahn-

kin kaikki pursui yli. Sanoimme ukille, että katsotaan miten tämä toimii. No, sitten Ukki teki saman uudelleen, kunnes tajusimme, että pienempi muki piti laittaa toiseen juomakoneeseen. Maksoimme yhdestä pienestä mukista, mutta otimmekin vahingossa monta ja onneksi kaupantäti ei huomannut mitä kävi. Metroasemia Berliinissä oli paljon. Kävelimme bussipysäkille päin, joka ei ollut lähellä. Katsoin liikkeiden ikkunoita ja niiden hintalappuja. Ilmeeni oli erilainen kuin jossain halvoissa liikkeissä, siellä oli aika kallista. Hotellimme sijaitsi Kurfürstendammilla. Pääsimme bussipysäkille ja siellä aloimme katsoa miten liikennöinti toimii. No, ostimme kahden päivän bussilipun ja katsoimme aikataulua ja tietenkin meidän tuurillamme bussi tuli vasta puolen tunnin päästä. No, sitten odottelimme siihen asti, kunnes bussi tuli. Bussi kierteli Berliinissä. Pysäkkejä oli kahdeksan ja ne kaikki olivat nähtävyyksiä. Katsoimme missä olisi voinut olla juomapaikka ja sitten jäimme kyydistä pois. Brandenburgin portti oli lähellä joten kävelimme sinne. Se oli täynnä ihmisiä ja siellä oli paljon toisista maista koululaisia. Kävelimme Brandenburgin portin läpi ja sitten näimmekin jo parlamenttitalon. Halusin mennä sinne ja se oli ilmainen, mutta meidän olisi pitänyt jonottaa lippuja sinne. Ajattelimme, että tulemme joku muu päivä. Parlamenttitalon nurmikkoalue oli valtava ja jäimme hetkeksi siihen. Kuu-

station kamen. Opa und ich gingen ins Café hinein, um zu gucken, was es da gab. Ich sah mir eine Theke voller Brote an. Als ich nach hinten schaute, entdeckten wir zwei Getränkespender. In einem waren drei Deziliter, im anderen zwei Deziliter. Wir guckten, wie sie funktionierten, bis Opa einen kleinen Becher nahm und ihn in den Drei-Deziliter-Apparat reinstellte. Na, natürlich floss alles über. Ich sagte zu Opa, dass wir gucken sollten wie das funktioniert. Also machte Opa das gleiche nochmal, bis wir kapierten, dass man den kleineren Becher in den anderen Getränkeapparat stecken sollte. Wir hatten nur den einen kleinen Becher bezahlt, aber aus Versehen nahmen wir doch mehrere, zum Glück merkte die Kassiererin nichts. In Berlin gab es viele U-Bahnstationen. Wir liefen in Richtung der Bushaltestelle, die nicht sehr nahe lag. Ich sah mir die Schaufenster und deren Preisschilder an. Ich machte ein anderes Gesicht als in billigen Geschäften, da war es ziemlich teuer. Unser Hotel lag am Kurfürstendamm. Wir erreichten die Bushaltestelle und erkundigten uns da, wie das mit dem öffentlichen Verkehr funktioniert. Jedenfalls kauften wir einen Busfahrschein für zwei Tage und schauten auf den Fahrplan, und natürlich kam mit unserem Glück der Bus erst in einer halben Stunde. Also warteten wir so lange, bis der Bus kam. Der Bus fuhr in Berlin herum. Es gab acht Haltestellen und sie alle waren

muuden takia halusimme viileään, joten menimme läheiseen ravintolaan. Siellä oli pöytä missä oli salaatteja ja ihmiset jonottivat toiseen pöytään, mistä annettiin ruoka. No, Ukki meni tietenkin ensimmäisenä ottamaan lautasen ja nosti salaattia itselleen. Katsoimme vähän aikaa häntä ja sanoimme Ukille että hänen pitäisi tulla siihen pöytään missä annetaan ruoka. Ukki kaatoi salaatit takaisin ja sitten otti ne vielä uudestaan. Ukki otti salaatin, joten hän maksoi turhaan toisista salaateista. Sitten tilasin oman ruuan ja syöminen jäi vähän vähäksi. Sen jälkeen lähdimme kävellen bussipysäkille päin.

Kävelimme aamulla uudestaan bussipysäkille ja bussi olikin jo siinä. Bussissa ei ollut kattoa ja siinä oli kaksi kerrosta. Menimme bussilla KaDeWe:een ohi. Se näytti isolta paikalta. Ajattelimme tulla sinne joku päivä. Kun tulimme Brandenburgin portille niin kävelimme parlamenttitalolle päin. Siellä oli pitkä jono, mutta halusin jäädä jonottamaan, koska halusin sinne niin kovin. Odotimme siinä aika kauan kunnes siskoni ja Ukki menivät istumaan viereiseen ravintolaan ulkopaikoille. Menin heidän mukaansa ja vanhempani jäivät jonottamaan. Tilasimme yhden pirtelön ja kaksi jäätelöannosta. Kun tarjoilija toi ne, hän sanoi, että odottakaa hetki. No, ihmettelimme mitä oikein hän tuo. Tarjoilija toi toisen pirtelön ja nauroin kun ajattelimme että Ukki vahingossa tilasi kaksi pirtelöä. Menimme sen jälkeen takaisin jonotta-

Sehenswürdigkeiten. Wir schauten, wo man etwas trinken könnte und dann stiegen wir aus dem Bus. Der Platz am Brandenburger Tor war in der Nähe, deshalb liefen wir dorthin. Er war voll von Leuten, und da gab es viele Schüler aus anderen Ländern. Wir liefen durch das Brandenburger Tor und sahen auch schon das Reichstagsgebäude. Ich wollte rein, und es war umsonst, aber wir hätten uns in die Schlange stellen müssen für die Eintrittskarten. Dann wollten wir lieber an einem anderen Tag kommen. Die Rasenfläche vor dem Reichstag war riesig, und wir blieben eine Weile da. Wegen der Hitze wollten wir ins Kühle, deshalb gingen wir in ein naheliegendes Restaurant. Da gab es eine Theke mit Salaten, und die Menschen standen an einer anderen Theke, wo das Essen ausgegeben wurde. Opa ging natürlich als erstes einen Teller nehmen und machte Salat darauf. Wir sahen ihm eine Weile zu und sagten zu ihm, dass er zu der Theke kommen sollte, wo das Essen ausgegeben wird. Opa kippte den Salat zurück und nahm aber nochmal den gleichen Salat. Opa nahm also eine Portion und bezahlte die zweite ohne Grund. Dann bestellte ich meine Portion, aß aber nicht lange daran. Danach gingen wir zu Fuß in Richtung Bushaltestelle.

Am Morgen liefen wir wieder zur Bushaltestelle, und der Bus war schon da. Der Bus hatte keine Decke und zwei Stockwerke. Wir fuhren

maan. Saimme liput ja aikamme oli vasta myöhemmin, joten menimme sillä välin Madame Tussaudin vahamuseoon. Siellä oli kirjailijoita, laulajia ja näyttelijöitä vahanukkeina ja olisin voinut olla siellä vaikka koko päivän. Vahanuket näyttivät aidoilta ja kyselin koko ajan kaikkea. Kun tulin pois isäni ja siskoni kanssa niin kävelimme takaisin parlamenttitalolle. Menimme sisään portista, jossa aukesi ovet vain vuorotellen. Hissi tungettiin täyteen ja sillä mentiin aika korkealle. Sieltä näkyi todella kauas. Menimme koko ajan korkeammalle. Kauan siellä ei jaksanut olla, koska oli niin kuuma. Maisemat olivat hienot. Olimme siellä aika kauan ja sitten lähdimme hissillä alas. Halusin etsiä kotiin tuliaisia, joten kävelimme Brandenburgin portin läpi etsimään kauppoja. Löysin mahtavia pienoksia Berliinin nähtävyyksistä. Sen jälkeen etsimme ruokapaikkaa aika kauan ja sitten jäimme syömään. Ruokailun jälkeen kävelimme bussipysäkille päin. Ehtisimme viimeiseen bussiin joka lähti kaupungista. Hotellimme vieressä oli Subway, kun olimme perillä menimme syömään Subwayhin. Matkamme ei ollut paljon muuta kuin pelkkää syömistä, koska söimme melkein koko ajan. Iltaisin siellä ei ollut mikään kauhea ruuhka ja myös iltaisin oli paljon valoja. Sitten menimme hotellihuoneeseen.

 Aamulla heräsimme suunnilleen samaan aikaan ja sitten lähdimme aamupalalle samaan paikkaan. Pidimme siitä paikasta todella pal-

mit dem Bus am KaDeWe vorbei. Es sah groß aus. Dort wollten wir auch noch irgendwann hin. Als wir am Brandenburger Tor ankamen, liefen wir Richtung Reichstag. Es gab eine lange Schlange, aber ich wollte mich anstellen, da ich so sehr dort rein wollte. Wir warteten dort ziemlich lange, bis meine Schwester und Opa ins benachbarte Restaurant gingen und sich auf die Terrasse setzten. Ich ging mit, meine Eltern blieben in der Schlange. Wir bestellten einen Milchshake und zwei Portionen Eis. Als die Bedienung alles brachte, bat sie uns, einen Moment zu warten. Da wunderten wir uns, was sie noch bringen wollte. Die Bedienung brachte noch einen Milchshake, und ich lachte, als wir dachten, dass Opa aus Versehen zwei bestellt hätte. Danach gingen wir zurück in die Schlange. Wir bekamen die Eintrittskarten, und unser Zeitfenster fing erst später an, deshalb gingen wir in der Zwischenzeit ins Wachsfigurenkabinett von Madame Tussauds. Da gab es Schriftsteller, Sänger und Schauspieler als Wachsfiguren, und ich hätte dort auch den ganzen Tag verbringen können. Die Wachsfiguren sahen echt aus, und ich hatte die ganze Zeit irgendwelche Fragen. Als wir mit meinem Vater und meiner Schwester rauskamen, liefen wir zurück zum Reichstag. Wir gingen durch ein Tor hinein, dessen Türen nur abwechselnd aufgingen. Der Aufzug wurde vollgestopft, und damit fuhr man ziemlich hoch. Dort konnte man rich-

jon, koska siellä oli todella hyvää kaakaota ja halpaa. Katselimme siskoni kanssa ohi käveleviä koiria. Halusimme mennä Charlottenburgin linnaan, koska sinne pääsi tutustumaan. Aamupalapaikan vieressä oli metroasema ja menimme sinne. Se oli maan alla ja en ollut koskaan ennen liikkunut metrolla. Katsoimme metrokarttaa ja sitten kävimme ostamassa juotavaa ja koko päivän metrolipun. Kävelimme vieläkin alemmas missä kulki metrot ja aina kun metro tuli niin tuli kauhea tuuli. Sitten odottelimme metroa ja minä katsoin kun ihmiset tulivat metrosta ja menivät metroon. Menimme seuraavaan metroon ja etsimme sieltä paikat. Metrossa ilmoitettiin aina mikä oli seuraava pysäkki. Kun tulimme kaupunkiin niin lähdimme kyydistä pois ja menimme Charlottenburgin linnaan. Siinä oli pieni kauppa jossa katsoimme hetken, sen jälkeen me menimme sisälle ostamaan liput. Siellä ei ollut jonoa, joten pääsimme heti kiertelemään linnaa. Siellä oli paljon tauluja seinillä ja kaikkia hienoja tavaroita. Jos minä olisin asunut siellä niin olisin eksynyt. Mielestäni se paikka oli upea ja kun menimme pihalle niin se vasta oli valtava. Siellä oli suihkulähde, paljon puita ja lampi. Ihmiset ruokkivat lintuja ja linnut olivat ihan lähellä ihmisiä. Olimme olleet siellä aika kauan ja sitten lähdimme. Minulla ja siskollani alkoi olemaan nälkä joten menimme syömään. Saimme ihan valtavat annokset, en jaksanut edes syödä

tig weit sehen. Wir gingen die ganze Zeit höher. Lange konnte man dort nicht bleiben, weil es so heiß war. Der Ausblick war schön. Wir blieben dort ziemlich lange und dann fuhren wir mit dem Aufzug nach unten. Ich wollte etwas als Mitbringsel finden, deshalb liefen wir durch das Brandenburger Tor, um nach Geschäften zu suchen. Ich fand tolle Miniaturmodelle von Berliner Sehenswürdigkeiten. Danach suchten wir recht lange nach einem Esslokal und dann blieben wir essen. Nach dem Essen liefen wir in Richtung Bushaltestelle. Den letzten Bus sollten wir noch kriegen. Neben unserem Hotel gab es ein Subway, und als wir ankamen, gingen wir dort essen. Auf unserer Reise gab es nicht viel anderes als Essen, da wir fast die ganze Zeit etwas aßen. Abends waren die Straßen nicht sehr voll, und es gab auch viele Lichter. Dann gingen wir aufs Hotelzimmer.

Am Morgen wachten wir ungefähr zur selben Zeit auf und gingen dann ins selbe Lokal frühstücken. Wir mochten das Lokal sehr gerne, weil es dort einen sehr guten Kakao gab, und es war günstig. Ich sah mit meiner Schwester die vorbeilaufenden Hunde an. Wir wollten zum Schloss Charlottenburg, weil man es besichtigen konnte. Neben dem Frühstückslokal befand sich eine U-Bahnstation und wir gingen da hinein. Es war unter der Erde, und ich war noch nie mit einer U-Bahn gefahren. Wir betrachteten den U-Bahnplan und dann kauften

loppuun. Siinä oli hampurilainen ja ranskiksia. Kun olimme syöneet, menimme metroasemalle ja kun meillä oli vielä aikaa, ajattelimme lähteä metrolla Olympiastadionille. Kun istuimme metrossa ja tuli seuraava pysäkki, niin ihmettelimme miksi kaikki lähtivät kyydistä pois. No, me istuimme siinä ja onneksi yksi nainen jäi sanomaan meille että meidänkin pitäisi poistua. Lähdimme metrosta ja sitten nainen kertoi, että jos olisimme jääneet kyytiin niin olisimme menneet huoltoraiteille. Sitten kun tuli toinen metro niin jatkoimme matkaa sillä. Kun pääsimme Olympiastadionille niin lähdimme metron kyydistä pois ja kävelimme katsomaan Olympiastadionia, harmi vain että sisäpuolelle ei päässyt katsomaan. Istuimme siellä hetken ja sitten kävelimme takaisin metroasemalle. Kun pääsimme metroon niin odottelimme siinä, kunnes tulimme meidän hotellin läheiselle metroasemalle. Kun olimme perillä niin menimme vielä istumaan ulkoravintolaan. Tarjoilija tuli kysymään mitä haluaisimme ja Ukki halusi croissantin. Tarjoilija ei tajunnut mitä Ukki tarkoitti ja niin hän kysyi uudestaan ja Ukki yritti selittää että crois-sant-ti. Isäni tilasi kakun ja juotavan, sitten tarjoilija kirjoitti ne muistiin ja lähti. Minä löysin croissantin kuvan ja seuraavan kerran kun tarjoilija tuli niin näytimme sen hänelle. Hän sanoi, että keittiö on suljettu neljältä. Ukki ei tajunnut mitä hän sanoi, joten Ukki päätteli, että täällä ei saa enää neljän jälkeen

wir uns etwas zu trinken und Tageskarten. Wir stiegen weiter nach unten, wo die U-Bahnen fuhren, und immer, als eine U-Bahn kam, kam auch ein schrecklicher Wind. Dann warteten wir auf die Bahn, und ich beobachtete, wie die Menschen aus der U-Bahn herauskamen und in die U-Bahn hineingingen. Wir stiegen in die nächste Bahn ein und suchten uns Plätze. In der Bahn wurde immer mitgeteilt, welches die nächste Station war. Als wir am Ziel waren, stiegen wir aus und gingen zum Schloss Charlottenburg. Dort gab es einen kleinen Laden, wo wir kurz reinschauten, danach gingen wir die Tickets kaufen. Es gab keine Schlange, und wir konnten sofort einen Rundgang im Schloss machen. Es gab dort viele Gemälde an den Wänden und allerlei feine Sachen. Falls ich dort gewohnt hätte, hätte ich mich verlaufen. Ich fand es echt schön, und als wir nach draußen gingen, war es erst richtig riesig. Dort gab es einen Springbrunnen, viele Bäume und einen Teich. Menschen fütterten die Vögel und die Vögel blieben ganz nahe bei den Menschen. Wir sind dort ziemlich lange gewesen und dann gingen wir. Meine Schwester und ich hatten schon langsam Hunger, weshalb wir essen gegangen sind. Wir haben gewaltige Portionen bekommen, ich habe nicht mal alles geschafft. Es gab Hamburger mit Pommes. Als wir gegessen hatten, gingen wir zur U-Bahn, und weil wir noch Zeit hatten, wollten wir mit

ruokaa. Ja sitten ukki selitti, että kyllä Italiassa saa neljän jälkeen ruokaa. No sitten selitimme Ukille, että keittiö on suljettu. Myöhemmin lähdimme hotellille ja menimme nukkumaan. Seuraavana aamuna menimme samaan aamupalapaikkaan ja sen jälkeen lähdimme bussipysäkille. Ajattelimme käydä katsomassa minkälainen on KaDeWe, eli kuusikerroksinen tavaratalo. Kun astuimme sisään niin se näytti joltain labyrintiltä. Kävelimme eteenpäin ja katsoimme missä olisi lastenosasto. Menimme lastenosastolle ja emme kestäneet olla siellä kauempaa joten lähdimme.

– Vihdoinkin tämä on valmis, Nea sanoi ääneen. Hänen äitinsä avasi huoneen oven ja kysyi – Mikä kirjan nimi on? Nea alkoi miettiä ja äiti sai ehdotuksen – Anna kirjan nimeksi "Minä olen berliininmunkki"! Se tulee siitä kun Ukki kertoi, että Saksassa vieraili aikoinaan Usan presidentti ja hän sanoi kuuluisat sanat "minä olen berliiniläinen". Ukin mukaan hän äänsi sen niin huonosti, että paikalliset luulivat hänen sanoneen "minä olen berliininmunkki". Nea kirjoitti sen muistiin ja sitten hän käveli äitinsä kanssa huoneesta pois ja samalla sanoi – Muistatko kun Ukki sanoi koko ajan "Minä olen berliininmunkki".

der U-Bahn zum Olympiastadion fahren. Als wir in der Bahn saßen und die nächste Station kam, wunderten wir uns, warum alle ausstiegen. Wir saßen also nur da und zum Glück war da eine Frau, die uns sagte, dass auch wir aussteigen sollten. Wir gingen raus und dann erzählte die Frau, dass wir bis zum Depot mitgefahren wären, wenn wir in der Bahn geblieben wären. Dann kam eine andere Bahn, und wir fuhren damit weiter. Als wir am Olympiastadion angekommen waren, stiegen wir aus und gingen uns das Olympiastadion anschauen, schade nur, dass man nicht reingehen konnte. Wir saßen dort eine Weile, und dann liefen wir zurück zur U-Bahn. Als wir in der Bahn waren, warteten wir da nur, bis wir die Station erreicht hatten, die in der Nähe von unserem Hotel lag. Als wir angekommen waren, gingen wir uns dann noch in ein Außenrestaurant setzen. Die Bedienung kam und fragte, was wir möchten, und Opa wollte ein Croissant haben. Die Bedienung verstand nicht, was Opa meinte, und fragte nochmal, und Opa versuchte zu erklären, dass er ein ‚Crois-sant-ti' möchte. Mein Vater bestellte Kuchen und ein Getränk, dann notierte die Bedienung das und ging. Ich fand ein Bild von einem Croissant, und das nächste Mal, als die Bedienung kam, zeigten wir es ihr. Sie sagte, dass die Küche ab vier Uhr geschlossen ist. Opa verstand nicht, was die Bedienung sagte, weshalb er daraus schloss, dass man hier

nach vier Uhr kein Essen bekommt. Dann erzählte uns Opa, dass man in Italien sehr wohl nach vier Uhr Essen bekommt. Also erklärten wir Opa, dass die Küche geschlossen war. Später liefen wir zum Hotel und gingen schlafen.

Am nächsten Morgen gingen wir zum selben Frühstückslokal, und danach liefen wir zur Bushaltestelle. Wir wollten gucken gehen, wie es im KaDeWe ist, also im sechsstöckigen Warenhaus. Als wir eintraten, sah es aus wie irgendein Labyrinth. Wir liefen weiter und schauten, wo die Kinderabteilung liegen könnte. Wir gingen zur Kinderabteilung und konnten es dort nicht länger aushalten, also gingen wir."

„Endlich ist das fertig.", sagte Nea laut. Mama öffnete die Zimmertür und fragte: „Wie heißt das Buch?" Nea überlegte und Mama bekam eine Idee: „Gib dem Buch den Titel ‚Ich bin ein Berliner Pfannkuchen'! Opa hat irgendwann erzählt, dass der amerikanische Präsident mal Deutschland besucht hatte und die berühmten Wörter ‚Ich bin ein Berliner' sagte. Opa hat gesagt, der hätte das so ausgesprochen, dass die Einheimischen dachten, er hätte gemeint ‚Ich bin ein Berliner Pfannkuchen'." Nea schrieb das auf und dann ging sie mit ihrer Mutter aus dem Zimmer und sagte dabei: „Erinnerst du dich, wie Opa die ganze Zeit sagte ‚Ich bin ein Berliner Pfannkuchen'?"

Übersetzerin: Anne Mäkelä

Anni Häggman (13 vuotta)

Rosa ja Anna-Sofia – Uudet ystävät

Kölnin tuomiokirkon kellot jylisivät jylhässä yksinäisyydessään taivaankannen korkeudella, kun 11-vuotias Rosa Blum hyppeli vesilätäköstä toiseen. Hän oli vasta muuttanut pari kuukautta sitten Kölniin eikä ollut tähän mennessä saanut yhtään ystävää. Hänen oli ikävä vanhoja ystäviään Hampurissa, joihin piti edelleen yhteyttä kirjeitse. Kotiin ehdittyään hänen äitinsä, Simone oli juuri keittiössä tekemässä spätzleä (saksalainen pasta) ja makkaraa, se oli Rosan lempiruokaa. "Rosa, oletko tutustunut jo siihen naapurin tyttöön", Simone kysyi, "Hän vaikuttaa mukavalta ja on suomalainen, mutta puhuu sujuvaa saksaa, koska on asunut täällä koko ikänsä."

Anna-Sofia Saarinen oli asunut lähes koko elämänsä Saksassa, mutta suomalaisista perinteistä oltiin silti aina pidetty kiinni. Anna-Sofia oli syönyt mämmiä ja ruisleipää ja käynyt kesäisin mökillä Suomessa. 12-vuoden ikäänsä mennessä hän oli ehtinyt jo huomaamaan tietyt yhtäläisyydet saksalaisessa ja suomalaisessa kulttuurissa esimerkiksi monet suomalaiset jouluperinteet olivat lähtöisin Saksasta. Hän oli juuri muuttanut Kölniin Berliinistä ja oli ennen sitä-

Anni Häggman (13 Jahre)

Rosa und Anna-Sofia – Neue Freundinnen

Die Glocken des Kölner Doms läuteten einsam in weiter Höhe des Firmaments, als die 11-jährige Rosa Blum von einer Pfütze zur anderen hüpfte. Erst vor ein paar Monaten war sie nach Köln gezogen und hatte bis jetzt noch keine Freundin gefunden. Sie sehnte sich nach ihren alten Freunden in Hamburg, mit denen sie nach wie vor brieflich Verbindung hielt. Als sie zu Hause eintraf, war ihre Mutter Simone gerade dabei, in der Küche Spätzle (eine deutsche Pasta) mit Wurst zuzubereiten, das war Rosas Lieblingsgericht. „Rosa, hast du eigentlich schon dieses Mädchen von nebenan kennengelernt", fragte Simone, „sie macht einen netten Eindruck und ist Finnin, spricht aber fließend Deutsch, weil sie ihr ganzes Leben hier gewohnt hat."

Anna-Sofia Saarinen hatte fast ihr ganzes Leben in Deutschland verbracht, an den finnischen Traditionen wurde aber dennoch immer festgehalten. Anna-Sofia aß Mämmi und Roggenbrot und war im Sommer im Sommerhaus in Finnland. Bis zu ihrem 12. Lebensjahr hatte sie schon gemerkt, dass es bestimmte Ähnlichkeiten in der deutschen und finnischen Kultur

kin asunut jo monissa eri kaupungeissa. Tänään hänen oli tarkoitus mennä tapaamaan naapuriaan Rosaa jalkapallokentälle heidän koulunsa viereen. Anna-Sofia ottaisi jalkapallon mukaansa ja he saisivat ottaa lyhyen, leikkimielisen ottelun jutustelun lomassa. Rosaa hermostutti. Anna-Sofia vaikutti mukavalta ja Rosa halusi vihdoinkin saada ystävän Kölnistä. Jalkapallon pelaamisesta ei tullut juurikaan mitään sillä Rosa ja Anna-Sofia alkoivat vain nauramaan, kun liukastelivat sateen kastelemalla kentällä. He sopivat näkevänsä myös huomenna. Rosa oli viimein saanut ystävän.

PUOLEN VUODEN KULUTTUA

Anna-Sofia soitti Rosan ovikelloa. Hän aikoi opettaa tälle suomea sillä he olivat sopineet että Rosan perhe lähtisi heidän mukaansa Suomeen mökille ensi kesänä. Kumpikin tyttö oli hyvin innostunut tästä tilaisuudesta, varsinkin Rosa, joka ei malttanut odottaa pääsevänsä tutustumaan paremmin suomalaiseen kulttuuriin käytännössä...

gab, zum Beispiel stammten viele finnische Weihnachtstraditionen aus Deutschland. Sie war gerade von Berlin nach Köln gezogen und hatte auch davor schon in vielen verschiedenen Städten gewohnt. Heute sollte sie ihre Nachbarin Rosa auf dem Fußballplatz neben ihrer Schule treffen. Anna-Sofia würde den Fußball mitnehmen, und bei einem kurzen Spiel einfach so aus Spaß könnten sie sich unterhalten.

Rosa war aufgeregt. Anna-Sofia wirkte sympathisch und Rosa wollte endlich eine Freundin in Köln. Aus dem Fußballspiel wurde dann auch nichts, weil sie nur rutschten und schlitterten, denn durch den Regen war der Platz nass. Sie verabredeten sich auch für den nächsten Tag. Rosa hatte endlich eine Freundin gefunden.

Ein halbes Jahr später

Anna-Sofia klingelte an Rosas Tür. Sie hatte damit begonnen, Rosa Finnisch beizubringen, denn sie hatten verabredet, dass Rosas Familie im Sommer mit ihnen ins Sommerhaus nach Finnland fahren würde. Beide Mädchen waren ganz begeistert von der Idee, vor allem Rosa, die es kaum erwarten konnte, die finnische Kultur in der Praxis besser kennenzulernen …

Übersetzerin: Petra Sauerzapf-Poser

Lars Weber (13 Jahre)

Kid's for Kid's
„Eine Reise ins Abenteuerland"

Hallo Kid's

Ich möchte euch von meiner Abenteuerreise nach Karelien in Finnland berichten. Es war ein lang ersehnter Wunsch von meinem Papa, eine Wandertour in Karelien zu unternehmen. Jetzt war es soweit: „Ich, Lars, 10 Jahre" musste meinen Rucksack packen, das Auto beladen und die erste Etappe nach Travemünde zum Schiff antreten. Dann hieße es „Leinen los" auf nach Helsinki, das Abenteuer kann beginnen.

In Helsinki angekommen, besuchten wir den Zoo, um mir ein Bild von den heimischen Wildtieren in Skandinavien zu machen. Der Zoo war interessant und befindet sich auf einer Insel, nur eine Insel kann man nicht vergrößern und so haben manche Tiere ein zu kleines Gehege. „Schade."

Um unser Ziel in Karelien zu erreichen, haben wir uns viel Zeit genommen. Gegen Abend erreichten wir den Pielinensee, wo wir in einer schönen Bucht direkt am See in unserem VW-Bus die Nacht verbrachten. Es folgten zwei Ausflugstage: Einmal der Besuch des Ateliers von Eva Ryynänen und Ihren Mann Paavo sowie das Freilandmuseum der Stadt Lieksa.

Lars Weber (13 vuotta)

Kid's for Kid's
"Matka seikkailujen maahan"

Hei lapset,
kerron teille seikkailumatkastani Suomen Karjalaan. Isäni pitkäaikainen toive oli ollut tehdä sinne vaellusmatka. Nyt se toteutuisi: "Minä, Lars, 10 vuotta" sain pakata reppuni, lastata auton ja lähteä matkan ensimmäiselle etapille kohti Travemünden satamaa. Sitten vain "Köydet irti" ja kohti Helsinkiä, seikkailu voi alkaa.

Saavuttuamme Helsinkiin kävimme eläintarhassa, jotta saisin käsityksen Skandinavian kotoperäisistä villieläimistä. Eläintarha oli mielenkiintoinen ja se sijaitsee saarella, tosin saarta ei voi laajentaa ja niin osalla eläimistä oli liian pieni häkki. "Sääli."

Varasimme paljon aikaa päästäksemme määränpäähämme. Illan tullen saavuimme Pieliselle, jonka rannalla yövyimme kauniissa poukamassa pikkubussissamme. Seurasi kaksi mu-

Auf das Atelier von Eva Ryynänen, der bedeutenden Holzbildhauerin von Finnland, war ich gespannt, denn mein Papa, der sie persönlich kannte und immer wieder besucht hatte, wenn er nach Finnland fuhr, hat viel von ihr erzählt. Ich war begeistert von ihrer Bildhauerkunst aus Holz – ihrer Werkstatt – ihrem Wohnhaus – und vor allen Dingen ihrem Lebenswerk, „einer kleinen Kirche", die sie ganz toll mit ihren Holzschnitzereien gestaltete und baute. Ich war so begeistert von der Kirche und dem Wohnhaus, dass ich von hier noch nicht weg wollte. (Leider sind Eva u. Paavo schon verstorben.)

Der Besuch vom Freilandmuseum in Lieksa hat mir einen Einblick in das einfache Leben der Finnen gegeben, natürlich hatte ich auch viele Fragen und eine Mitarbeiterin vom Museum hat dies übernommen und versuchte alle meine Fragen in sehr gutem Deutsch zu beantworten.

Am nächsten Tag war es soweit: Das Auto wurde abgestellt – nochmals alles durchgesprochen – der Rucksack geschultert und die Abenteuertour auf dem „Karhunpolku" in Karelien kann beginnen.

Ich war begeistert von der Stille der Natur – der Fauna und Flora – den Lagerfeuern – den Schlafstellen – dem einfachen Essen – auch hatte ich mir die Wanderung anstrengender vorgestellt, und so konnte es jeden Tag weiter gehen. Doch dann änderte sich das Wetter, es regnete ohne Ende und die Temperatur sank in

seopäivää: vierailu Eva Ryynäsen ja hänen miehensä Paavon taiteilijakotiin sekä Lieksan kaupungin ulkoilmamuseoon.

Olin utelias näkemään Eva Ryynäsen, merkittävän suomalaisen kuvanveistäjän, ateljeen, koska isäni, joka oli tuntenut hänet henkilökohtaisesti ja vieraillut hänen luonaan Suomessa käydessään, on kertonut hänestä paljon. Olin haltioissani hänen puuveistostaiteestaan – ateljeesta ja kotitalosta – ja ennen kaikkea hänen elämäntyöstään, "pienestä kirkosta", jonka hän on rakentanut ja sisustanut puuveistoksillaan. Olin niin haltioissani kirkosta ja kotitalosta, etten halunnut vielä lainkaan lähteä. (Valitettavasti Eva ja Paavo ovat jo kuolleet.)

Käynti ulkoilmamuseossa Lieksassa tarjosi katsauksen suomalaisten kansanomaiseen elämään, ja tietysti minulla oli myös paljon kysymyksiä, jotka eräs museon työntekijöistä otti asiakseen ja yritti vastata niihin kaikkiin erittäin hyvällä saksan kielellä.

Seuraavana päivänä koitti odotettu hetki: auto jätettiin parkkiin, kaikki puhuttiin läpi vielä kerran, reppu heitettiin selkään ja seikkailu Pohjois-Karjalan "Karhunpolulla" saattoi alkaa.

Olin haltioissani luonnon hiljaisuudesta, sen eläin- ja kasvikunnasta, leirinuotioista, yöpymispaikoista, yksinkertaisesta retkimuonasta, ja olin myös kuvitellut vaelluksen raskaammaksi ja niin matka taittui joka päivä. Sitten sää kuitenkin muuttui, satoi taukoamatta ja läm-

den Nächten auf 0 Grad runter. Der Regen hörte nicht auf und so wurde der Entschluss gefasst, die Wandertour abzubrechen. Mein Vater sagte: Wir brauchen uns nichts zu beweisen und eine Wanderung soll Spaß machen.

Das schlechte Wetter stimmte mich nicht traurig, sondern ich freue mich jeden Tag auf ein neues Erlebnis, denn mein Papa hatte für solche fälle immer einen Plan „B" in der Tasche. „Was tun bei schlechtem Wetter"! Es folgten 8 spontane Tage, wo jeder Tag anders gestaltet war. Vollgepackt mit Abenteuern – tollen Erlebnissen – Märchen – Fantasie und Glücksmomenten.

Es gab Tageswanderungen auch bei Regen z. B. im Patvinsuo Nationalpark Karelien eine wunderschöne Landschaft mit kleinen und größeren Wanderwegen.

Den heiligen Berg „Koli", der mich in seinen Bann gezogen hat. Um den Berg „Koli" kennen zu lernen, muß man ihn spüren – fühlen – riechen und schmecken. (sagt mein Vater). Um ihn zu spüren, muß man ihn vom Seeufer aus erklimmen, um Ihn zu fühlen, seine bizarren Gebilde – Bäume und Felsen berühren, seinen Geruch

pötila laski öisin nollaan asteeseen. Sade ei lakannut ja niin päätimme keskeyttää vaelluksen. Isä sanoi, ettei meidän tarvitse todistaa mitään ja että vaeltamisen pitää voida olla hauskaa.

Huono sää ei saanut mielialaani laskemaan vaan iloitsin joka päivä uudesta elämyksestä, sillä isällä oli tällaisia tilanteita varten aina varasuunnitelma takataskussaan. "Mitä tehdä huonon sään sattuessa!" Seurasi kahdeksan spontaania päivää, joista jokainen oli erilainen – täynnä seikkailua, upeita elämyksiä, satua ja mielikuvitusta sekä onnenhetkiä.

Teimme päivävaelluksia myös sateella, esimerkiksi Patvinsuon kansallispuistossa, kuvankauniissa maisemissa, joiden halki kulkee lyhyitä ja pidempiä vaellusreittejä.

Kolin pyhä vaara sai minut lumoihinsa. Oppiakseen tuntemaan Kolin se täytyy kokea, aistia, haistaa ja maistaa (isäni sanoo). Kokeakseen Kolin täytyy kavuta sen huipulle järveltä päin, aistiakseen sen täytyy tunnustella sen omalaatuisia muotoja, puita ja kallionkielekkeitä, sen tuoksu on sekoitus järvi-ilmaa, metsän puita, marjoja ja sieniä sekä yrttien ja kukkien tuoksua, ja sen tuoksun voi myös maistaa. Kolin pyhä vaara ja sen korkeimmat huiput – Ukko-Koli, Akka-Koli ja Paha-Koli – sekä sen uhrihalkeama ja lohkareluola Pirunkirkko eivät ole vain tarinoiden vaan myös inspiraation, satujen ja tarujen lähde ja mielikuvituksen aarreaitta sekä maa-

eine Mischung der Seeluft – der Bäume – den Früchten und Pilze des Waldes sowie den Geruch der Kräuter und Blumen und diesen Geruch kann man auch schmecken. Der heilige Berg „Koli" mit seinen 3 Gipfeln, den „Ukko-Koli (Berggeist), den „Akka Koli" (Mutter) und den „Pieni Koli" (der Kleine), sowie die Opferspalte und der Felsengrotte „Pirunkirkko" (die Teufelskirche) ist nicht nur ein Berg der Geschichte, sondern auch ein Berg der Muse – der Märchen – der Sagen – und ein Reichtum der Fantasie, sowie ein Lebensraum der „Gnome" und „Barttrolle". Allein am Berg Koli verbrachten wir 4 Tage. Wir fuhren 1 Tag zu den „Ruuna Stromschnellen" und dem „Ruuna Wandergebiet". Wir folgten einem Pfad, der uns über eine Hängebrücke führte. Ich war so begeistert von der Brücke, dass wir an dieser Stelle eine größere Rast einlegten und ich mein erstes Messer aus Birkenholz schnitzte.

Auch waren wir in „Kerimäki", dort steht die größte Holzkirche der Welt (leider geschlossen), und besuchten das Forstmuseum „Lusto" (Jahresring) am „Punkaharju" das größte seiner Art in Finnland mit Außen- und Innenbereich. Ein Besuch der sich lohnt. Am besten hat mir gefallen der Maschinenbereich, wo man auch selbst die Forstmaschinen bedienen darf, entweder am Simulator oder an bestimmten Maschinen selbst.

Auch die anschließende Wanderung auf

histen, peikkojen ja hiisien asuinseutua. Vietimme neljä päivää pelkästään Kolin vaaroilla. Yhdeksi päiväksi ajoimme Ruunaan koskille ja Ruunaan retkeilyalueelle. Patikoimme polkua, joka johdatti meidät riippusillan yli. Olin niin haltioissani sillasta, että pidimme sen juurella pidemmän tauon ja vuolin ensimmäisen veitseni koivupuusta.

Kävimme myös Kerimäellä, jossa sijaitsee maailman suurin puukirkko (valitettavasti suljettu), ja Punkaharjulla vierailimme Metsämuseo Lustossa, Suomen suurimmassa metsäalan museossa, joka levittäytyy sekä sisä- että ulkotiloihin. Kannattaa käydä. Pidin eniten konehallista, jossa sai myös itse käyttää metsäkoneita, joko simulaattorilla tai oikeilla koneilla.

Museokäynnin jälkeinen patikointi viime jääkauden aikana muodostuneella, kahden järven halkovalla Punkaharjulla oli matka maiseman syntyhistoriaan. Elämysrikas päivä!

Kymmeneksi päiväksi vuokraamamme hirsimökki Saimaan rannalla oli oikea unelma, sieltä saattoi tarkkailla niin vesi- kuin maaeläimiä, ja näinpä jopa harvinaisen saimaannorpankin.

Nautin kovasti kalastusretkistä pikku veneellämme, patinoinnista mökkiä ympäröivässä luonnossa, grillauksesta leirinuotiolla ja henkeäsalpaavista auringonlaskuista, ne olivat elämyksiä, jotka jaksoivat yllättää aina uudestaan joka päivä. Löysimme metsästä jopa hirvensarvet, jotka riippuvat nyt olohuoneessamme

dem „Moränenrücken" der letzten Eiszeit zwischen 2 Seen, dem „Punkaharju", war ein Pfad in die Entstehungsgeschichte der Landschaft. Ein erlebnisreicher Tag!

Unsere Blockhütte am „Saimaa-See", die wir für 10 Tage gebucht hatten, war ein Traum, man konnte viele Tiere ob zu Wasser oder Land beobachten, sogar die seltene Ringelrobbe bekam ich zu Gesicht.

Viel Spaß machten mir die Angelausflüge mit unserer Nussschale – die Wanderungen um unsere Hütte – die Lagerfeuer mit Grillen und den herrlichen Sonnenuntergängen, es waren Erlebnisse, die mich jeden Tag neu überrascht haben. Sogar ein „Elchgeweih" fanden wir im Wald, das jetzt als Lampe in unserem Wohnzimmer hängt.

Aber wenn man glaubt, dies war alles, dann hatte mein Papa immer noch eine Überraschung für mich. Eine alte Bekannte von meinem Vater (eine Deutsche), die schon seit 16 Jahren auf einer Insel im Saimaa-Seengebiet wohnt, hatten wir besucht. Es war ein toller Tag: Bärbel setzte mich gleich in ihr Zweierkajak und sie zeigte mir ihr Gebiet, wo sie lebt. Mein Vater durfte solange „Robinson auf der Insel" spielen. Dies war meine erste Kanutour und dieses Erlebnis werde ich so schnell nicht vergessen.

Ich glaube, ich werde alles, was ich bei unserer Abenteuertour erlebt habe, ob Lagerfeuer,

lamppuna.

Mutta jos luulit, että tässä oli jo kaikki, niin isällänipä oli minulle vielä yksi yllätys. Vierailimme isän vanhan (saksalaisen) tuttavan luona, joka on asunut yhdellä Saimaan saarista jo 16 vuotta. Se oli mahtava päivä: Bärbel istutti minut heti kahden hengen kajakkiinsa ja esitteli minulle asuinaluettaan. Isäni sai sillä aikaa leikkiä "Robinsonia saarella". Se oli ensimmäinen kanoottiretkeni ja sitä kokemusta en ihan äkkiä unohda.

Luulenpa, etten unohda mitään seikkailumatkallamme kokemaani, oli se sitten leirinuotio, vaellukset, Kolin huiput, Patvinsuon kansallispuisto, Lusto, vuokramökkimme tai joku monista, monista muista elämyksistä, ja jos joku kysyy, "Mistä pidit erityisesti?", sanoisin: "Kaikesta, ihan kaikki oli mahtavaa", ja iloitsen jo nyt siitä ja saatan tuskin odottaa, että isä taas sanoo: "Pakataan reput, lastataan auto, köydet irti, nyt lähdetään seikkailujen maahan."

Teidän Larsinne

die Wandertouren, den Berg Koli, den Nationalpark Patvinsuo, Lusto, unsere Hütte und viele viele andere Erlebnisse nicht vergessen, und wenn mich einer fragt „Was hat dir besonders gefallen?", würde ich sagen: „Alles, einfach alles, es war toll", und ich freue mich schon richtig darauf und kann es kaum erwarten, wenn mein Papa wieder sagt: „Rucksack packen – Auto laden – Leinen los, wir fahren ins Abenteuerland".

Euer Lars

Reisetipp:

Plant viel Zeit ein, macht einen Aktivplan, aber haltet Euch nicht stur daran, sondern nehmt ihn als Anregung.

Einen Plan B erstellen. (Was tun bei schlechtem Wetter).

Gesellschaftsspiele mitnehmen für unterwegs, das Schiff, die Hütte, die Wandertour.

Sowie viel Lust und Freude an Eurer Abenteuertour.

Matkavinkki:
Varatkaa paljon aikaa, tehkää suunnitelma, mutta älkää pitäytykö siinä jääräpäisesti vaan pitäkää sitä virikkeenä.
Tehkää varasuunnitelma. (Mitä tehdä huonon sään sattuessa.)
Ottakaa mukaan matkalle, laivaan, mökille, vaelluksille seurapelejä.
Sekä paljon iloa ja hyvää mieltä seikkailuretkellenne.

Übersetzerin: Anne Mäkelä

Liia Louhikoski (13 vuotta)

Elämä

Lentokone. Ei, turva. Paikka jossa oli turvallinen olo. Minulla oli hyvä olla.
Toteutuiko suunnitelmamme? Minä uskoin siihen. Jared uskoi siihen. Me molemmat uskoimme siihen. Jared ja minä teimme tästä suunnitelmasta aukottoman – pakkohan sen oli onnistua. Hiukseni olivat mustan savun peitossa. Kumma kyllä en haistanut savua tai keksinyt mitään syytä, miksi ne olisivat mustan savun tahrimat. Se muisto taisi mennä unohduksiin. Katosi luotani ennen kuin ehdin huomatakaan sen haihtuvan kaukaisuuteen, minne nyt muistot ikinä matkaavatkaan unohduksen jälkeen. Niin. Niinhän se oli. Muistot ja kaikki ihmisetkin päätyvät unohdukseen. Kadotukseen. Toiset helvettiin, toiset taivaaseen.
Taivaaseen.
Se paikka se oli. Taivas. Se tuntui paljon turvallisemmalta ja läheisemmältä asialta kuin oli koskaan aiemmin tuntunut.
Näin Jaredin kasvot – ne olivat kauniit, vaikken sitä koskaan ollut kenestäkään miehestä sanonutkaan. Miksi tämä tuntui niin oudolta. Miksi oloni oli niin ... epätodellinen? Kerro minulle, miksi näin tapahtuu. Miksen muista, näe, haista tai kuule mitään? Miksen tunne mitään? Miksi tiedän vain makaavani Jaredin sylissä,

Liia Louhikoski (13 Jahre)

Leben

Das Flugzeug. Nein, Sicherheit. Ein Ort, an dem ich sicher bin. Mir geht es gut.

Ging unser Plan auf? Ich glaubte daran. Jared glaubte daran. Jared und ich machten einen lückenlosen Plan – er musste einfach aufgehen. Meine Haare lagen hinter schwarzem Rauch. Aber merkwürdigerweise roch ich keinen Rauch, ich wusste auch keinen Grund, warum sie vom Rauch schwarz waren. Die Erinnerung verschwand wohl. Entfloh mir, bevor ich bemerken konnte, dass sie in die Ferne entschwand, in die die Erinnerungen nach dem Vergessen immer reisen. Ja. So war es wohl. Die Erinnerungen und auch alle Leute gerieten in Vergessenheit. Verschwinden einfach. Die einen in die Hölle, die anderen in den Himmel.

In den Himmel.

Das war der Ort. Der Himmel. Der fühlte sich viel sicherer und näher als jemals zuvor an.

Ich sah Jareds Gesicht – es war schön, auch wenn ich das so nie von einem Mann gesagt hatte. Warum fühlte sich das so merkwürdig an? Warum fühle ich mich so … irreal?

Erzähl mir, warum das geschah. Warum erinnere ich mich nicht, sehe nichts, rieche nichts oder höre nichts? Warum fühle ich nichts?

mutta tiedän silti olevani hänestä niin kaukana? Mihin se lentokone katosi? Kerro minulle. Toteutuiko suunnitelmamme? Se oli täydellinen. Sen oli pakko toteutua. Pakko. Mehän suunnittelimme menevämme Saksaan. Pakoon maailmaa. Pakoon kaikkea, mitä nyt vain kannatti paeta. Jared katsoi tyhjyyteen ja välillä minuun päin. Kummasti hän vältteli katsettani. Hän vaikutti siltä, ettei olisi halunnut katsoa minuun päin, kuin olisi unohtanut minut kokonaan.

En nähnyt ympärilleni. Minulla oli silmät auki, mutten voinut liikutella niitä. Silmieni ympärillä oli vain kuivia kyyneleitä, jotka kutittivat inhottavasti.

Tunsin Jaredin lämpimän käden. Hän sanoi jotain, mutten voinut kuulla. En pystynyt myöskään lukemaan hänen huuliltaan. Aivoni eivät analysoineet sitä tietoa, vaikka ennen olinkin ollut huulilta lukemisessa hyvä kuulovammani takia. Olenko kuollut? Olisiko mahdollista, että Jared kuulisi minut, jos vain laittaisi kätensä ristiin? Kerro minulle, mitä Jared sanoi. Kerro hänelle, että rakastan häntä siitä huolimatta, vaikka olenkin taivaassa, mutta silti hänen sylissään.

Voi kunpa Jared laittaisi kätensä ristiin. Jared, älä syytä itseäsi, minua tai Jumalaa. Älä syytä niitä ihmisiä, jotka aiheuttivat tämän. Näitä onnettomuuksia kyllä sattuu. Nyt se sattui meidän kohdallemme.

Mikään suunnitelma ei ole aukoton.

Warum weiß ich nur, dass ich in Jareds Schoß liege, weiß aber trotzdem, dass ich so weit entfernt von ihm bin? Wo ist das Flugzeug geblieben? Erzähl es mir.

Ging unser Plan auf? Er war perfekt. Er musste einfach aufgehen. Musste.

Wir planten ja, nach Deutschland zu reisen. Vor der Welt zu fliehen. Vor allem zu fliehen, vor dem es sich lohnte zu fliehen. Jared schaute in die Leere und hin und wieder zu mir. Irgendwie wich er meinem Blick aus. Es schien, als wollte er mich nicht anschauen, als hätte er mich ganz vergessen.

Ich konnte nicht um mich sehen. Meine Augen waren geöffnet, ich konnte sie aber nicht bewegen. Es waren nur getrocknete Tränen da, die mich unter den Augen abscheulich juckten.

Ich fühlte Jareds warme Hand. Er sagte etwas, was ich nicht verstand. Ich konnte ihm auch nicht von den Lippen lesen. Mein Gehirn konnte die Information nicht analysieren, obgleich ich früher wegen meiner Schwerhörigkeit gut im Von-den-Lippen-Lesen war. War ich tot? Ob es möglich wäre, dass Jared mich hörte, wenn er nur die Hände über Kreuz legte? Erzähl mir, was Jared sagte. Erzähl ihm, dass ich ihn liebe, obwohl ich doch im Himmel bin, aber dennoch in seinem Schoß.

Ach, wenn doch Jared die Hände über Kreuz legen würde. Jared, mach dir keine Vorwürfe, mir nicht und Gott auch nicht. Mach denen kei-

Onnettomuus. Se oli onnettomuus. Lentotapaturma. Tulipalo. Lentokoneessa. Mutta miksen haista savua? Ai niin, olen kuollut. Ilmeisesti. En haistanut, tai maistanut, kuullut tai tajunnut ympärilläni tapahtuvia asioita. Näin vain ja senkin vain siihen suuntaan, mihin silmäni olivat jämähtäneet.
Muistan sen nyt. Jared, laita kätesi ristiin. Herra kertoo ajatuksesi minulle vain, jos kätesi ovat ristissä. Hän pitää huolen, että kuulen jokaisen rukouksesi. Että kuulen jokaisen huokauksesi, sydämenlyöntisi ja silmäniskusikin, kun rukoilet. Nyt Jared. Laita kätesi ristiin. Rukoile! Ja anna minulle anteeksi, että olin heikko, enkä taistellut tämän suunnitelman toteuttamisen vuoksi tarpeeksi ...
Hemmetti. Nyt ne kädet ristiin. Et kuule minua, jos et laita niitä käsiäsi ristiin! Jared! Muistan sen viime kerran, kun olimme olleet Saksassa. Olimme silloin pieniä lapsia, vailla tietoa maailman pahuudesta. Tietämättömyys oli siunaus.
Silloin ostimme perheemme kanssa talon ja vietimme monia lomamatkoja sieltä. Kuka uskaltaisikaan lähteä meitä sieltä etsimään? Eivät he tajua, että pakenisimme sinne, mistä meidät on helppo löytää.
Heh, muistan vielä ensimmäisen lentomatkani. Se oli ihanaa. Silloin en tosin halunnut Saksaan, sillä olin kuullut negatiivisia asioita heistä. Olin aina kovin ennakkoluuloinen. Olin

ne Vorwürfe, die das verursacht haben. Unglücke geschehen. Jetzt traf uns ein solches.
Kein Plan ist lückenlos.
Das Unglück. Es war ein Unglück. Ein Flugzeugunglück. Ein Feuer. Im Flugzeug. Aber warum rieche ich keinen Rauch? Ach ja, ich bin ja tot. Offensichtlich.
Die um mich herum vorgehenden Dinge roch ich nicht. Ich schmeckte sie nicht, hörte sie nicht, begriff sie nicht. Ich sah nur und nur in die Richtung, in der meine Augen stehen geblieben waren.
Ich erinnere mich jetzt daran. Jared, leg deine Hände über Kreuz. Der Herr erzählt mir deine Gedanken nur, wenn deine Hände über Kreuz liegen. Er kümmert sich darum, dass ich jedes deiner Gebete höre. Dass ich jeden deiner Seufzer, jeden deiner Herzschläge, jeden deiner Augenwinker höre, wenn du betest. Jetzt, Jared. Leg deine Hände über Kreuz. Bete! Und vergib mir, dass ich schwach war und nicht genug gekämpft hatte, damit der Plan aufgeht ...
Verdammt! Die Hände jetzt über Kreuz. Du hörst mich nicht, wenn du nicht die Hände über Kreuz legst! Jared!
Ich erinnere mich an das letzte Mal, als wir in Deutschland waren. Wir waren kleine Kinder damals, ohne das Wissen um die Schlechtigkeit der Welt. Unwissen ist ein Segen.
Damals kaufte sich unsere Familie ein Haus und wir verbrachten manche Urlaubsreise dort.

aina ollut. En ymmärtänyt vieläkään, miksi suhtauduin heihin sillä tavalla.

Nimittäin jo ensimmäisellä matkallani sain uusia ystäviä. Ja he olivat saksalaisia. Mukavia he olivat.

Mietin joskus, oliko heillä ennakkoluuloja minua ja muita suomalaisia kohtaan. Mutta eipä tainnut olla. Tai vaikka olikin, he saivat ajettua ne pois ja tulivat oikeasti juttelemaan minulle.

Huokasin.

Haluaisin taas tavata Sebastianin. Häneen minä tutustuin Saksassa, kun kävin siellä kaksi vuotta sitten. Sen jälkeen olen jutellut hänelle vain netissä, mutta eipä paha vaihtoehto ole sekään.

Lentokone heilui oudosti.

Isä. Yritä jollain keinolla saada Jared rukoilemaan. Minulla on paljon sanottavaa hänelle jo nyt, vaikka kuolleena olenkin ollut vasta muutamia minuutteja. Jaredin on pakko selvitä. Ensinnäkään hän ei saa kuolla, sillä mitä nyt häntä tunnen, hän haluaa toteuttaa suunnitelmamme. Ja suunnitelmamme oli lähteä pakoon maailmaa. Sillä liikaa asioita oli tapahtunut, joihin meidät oltiin saatu näyttämään syyllisiltä. Ja pelkään, että hän tekee jotain typerää ...

Jared! Minä rakastan sinua Jared. Sano se myös Sebastianille. Ja toteuta suunnitelmamme. Jatka matkaa Saksaan! "Minäkin rakastan sinua Elise."

Wer würde es wagen, uns dort zu suchen? Sie begreifen nicht, dass wir dahin flöhen, wo wir leicht zu finden sind.

Ha, ich erinnere mich noch an meine erste Flugreise. Sie war wundervoll. Damals wollte ich gar nicht nach Deutschland fahren, denn ich hatte nur Schlechtes darüber gehört. Ich hatte viele Vorurteile. Hatte ich immer schon. Ich verstand immer noch nicht, warum ich mich ihnen gegenüber so verhielt.

Denn schon auf meiner ersten Reise bekam ich nämlich neue Freunde. Und es waren Deutsche. Sie waren nett.

Ich überlegte manchmal, ob sie wohl Vorurteile mir und anderen Finnen gegenüber hatten. Auch wenn sie welche hatten, konnten sie sie beiseite schieben und kamen her, um mit mir zu quatschen.

Ich seufzte.

Ich würde gern Sebastian wieder treffen. Ihn lernte ich in Deutschland kennen, als ich vor zwei Jahren dort war. Danach chattete ich mit ihm nur im Internet, was aber auch keine so schlechte Alternative war.

Das Flugzeug wackelte merkwürdig.

Vater. Versuch irgendwie, Jared zum Beten zu bringen. Ich muss ihm jetzt schon so Vieles sagen, obwohl ich erst seit ein paar Minuten tot bin. Jared muss es schaffen. Zunächst darf er nicht sterben, denn wie ich ihn kenne, möchte er unseren Plan verwirklichen. Und unser Plan

war es, die Welt zu flüchten. Denn zu viel ist geschehen, an dem wir Schuld sein sollten. Und ich fürchte, dass er etwas Dummes tut …

Jared! Ich liebe dich, Jared. Sag das auch Sebastian. Und mach, dass unser Plan aufgeht! Fahr weiter nach Deutschland! „Ich liebe dich auch, Elise."

Übersetzer: Detlef Wilske

Matti Christmann (15 vuotta)

Suomi

Monelle ihmiselle Suomi on kotimaa, urheilukilpailujen pitopaikka tai ihan vain maa muiden joukossa. Suomi voi myös olla mielenkiintoinen maa kaikille luonnon-tutkijoille tai Lordi-faneille. Minulle Suomi on tärkeä lomamaa, jossa voin unohtaa kaiken muun.

RUOKA

Jos kysyisin ihmisiltä mikä Suomessa on erilaista, monet mainitsisivat saunan, mutta myös osa kertoisi suomalaisesta ruuasta. Suomessa ruoka on tosi tärkeä asia, kuten jokaisessa muussakin maassa. Suomessa on silti jotain erilaista ruuassa, mikä tekee siitä niin hyvää. Se jokin taitaa olla Suomen kulttuuri tai ilmasto. Joka tapauksessa minun mielestäni suomalainen ruoka on erittäin hyvää. Esimerkiksi joulukinkku tai ihan vain tavallinen karjalanpiirakka, sellaisia herkkuja ei löydy Saksasta! Toinen ihana ruoka tai ruokalaji on suomalainen karkki. Jokaisesta kaupasta löytyy Karkkikatu, josta voi valita irtokarkkeja omaan pussiin. Saksassa en ole nähnyt sellaista muualla kuin Ikeassa. Minä en usko että suomalaiset tykkäävät enemmän karkista kuin saksalaiset, mutta en ymmärrä miksi Suomessa on niin paljon enemmän karkkilaatuja.

Matti Christmann (15 Jahre)

Finnland

Für viele Menschen ist Finnland die Heimat, ein Veranstaltungsort für Sportwettkämpfe oder irgendein Land unter vielen. Finnland kann auch ein interessantes Land für alle Naturforscher oder Lordi-Fans sein. Für mich ist Finnland ein wichtiges Urlaubsland, in dem man alles andere vergessen kann.

ESSEN

Wenn ich Menschen fragen würde, was anders an Finnland ist, würden viele die Sauna nennen, aber ein Teil würde auch über das finnische Essen reden. In Finnland ist das Essen wirklich wichtig, wie in jedem anderen Land auch. Im finnischen Essen gibt es trotzdem etwas Besonderes, was es so gut macht. Dieses gewisse Etwas ist wohl die finnische Kultur oder das Klima in Finnland. Auf jeden Fall finde ich, dass das finnische Essen sehr gut ist. So beispielsweise der Weihnachtsschinken oder die gewöhnlichen Karelischen Piroggen – solche Leckereien gibt es in Deutschland nicht! Ein anderes wunderbares Lebensmittel oder Gericht ist der finnische Bonbon. In jedem Laden gibt es Bonbon-„Straßen", wo man unter verschiedenen losen Bonbons auswählen kann. In Deutschland habe ich so etwas nur bei IKEA

LUONTO

Suomen luonto on usein samannäköistä. Joka paikassa on metsää. Mutta juuri metsä on yksi Suomen parhaista nähtävyyksistä. Joka vuosi tuhansia turisteja tulee katsomaan ja tutustumaan Suomen metsiin. Siellä on aina erilaista nähtävää ja jos on onnea, voi jopa nähdä eläimiä, joita ei usein ole eläintarhassa tai jotka ovat tosi harvinaisia. Yksi tällainen eläin on ilves. Saksassa näkee vain pieniä metsiä, jotka melkein kaikki ovat täynnä taloja. Suomessa on rauhallista, ei tarvitse huolehtia mistään ja voi ihan vain laiskotella. Suomessa ei myöskään voi häiritä naapureita. Voit siis kuunnella musiikkia niin kovalla kuin vain haluat tai voit olla ihan vaan tekemättä mitään. Tämä on toinen ihmeellinen asia Suomessa ja samalla syy miksi turistit tulevat Suomeen – rauhallisuus!

LIFESTYLE

Suomen elämäntyyli on minun mielestäni myös tosi rauhallinen. Suomessa eletään tyyliin: "teet mitä haluat tehdä". Paras esimerkki tästä ovat Duudsonit jotka ovat ihan hulluja. Mutta muutenkaan Suomessa ei ole mitään stressailua, hätää tai muuta ärsyttävää. Vaikka käyn saksalaista koulua ja tunnen Suomen vain lomamaana, uskon silti että suomalaiset ovat yleisesti hyvin rauhallisia. He eivät raivostu niin nopeasti kuin saksalaiset, eivätkä he ole niin äkkipikaisia. Saksalaiset voisivat myös vähän

gesehen. Ich glaube nicht, dass die Finnen mehr Bonbons als die Deutschen mögen, aber ich verstehe nicht, warum es in Finnland eine so viel größere Bonbonauswahl gibt.

NATUR

Die finnische Natur ist oft gleichförmig. Überall gibt es Wälder. Aber die finnischen Wälder gehören zu den besten Sehenswürdigkeiten Finnlands. Jedes Jahr besuchen Tausende Touristen die finnischen Wälder, um etwas von ihnen zu lernen. Man kann in ihnen viele verschiedene Dinge sehen, und wenn man Glück hat, kann man sogar Tiere sehen, die es oft nicht in Tierparks gibt oder die sehr selten sind. Ein solches Tier ist der Luchs. In Deutschland gibt es nur kleine Wälder, die fast alle voller Häuser sind. In Finnland ist es ruhig, man braucht sich um nichts zu sorgen und kann auch nur faulenzen. In Finnland kann man auch die Nachbarn nicht stören. Du kannst also so laut Musik hören, wie du möchtest, oder einfach auch nichts tun. Das ist eine weitere erstaunliche Sache in Finnland und auch ein Grund, warum Touristen Finnland besuchen – die Stille.

LIFESTYLE

Die finnische Lebensweise ist nach meiner Meinung auch sehr ruhig. In Finnland lebt man nach dem Motto: „Tu, was du tun möchtest".

rauhoittua, eikä ottaa kaikkea niin vakavasti. Juuri nämä asiat saavat monet ihmiset luulemaan, että Suomi on ihan vain lomamaa, samoin kuin Mallorca, jossa koko päivän vain juhlitaan. Mutta Suomella on myös toinen puoli: Suomessa rakennetaan usein itse oma talo ja kun suomalainen aloittaa jonkun projektin, hän ei tee mitään muuta ennen kuin työ on tehty. Ja vaikka työmaa olisi kokonainen talo, kahvipaussi pidetään vasta sitten, kun esimerkiksi katto on valmis.

Suomessa voi tehdä paljon hauskoja asioita. Suomessa voi käydä uimassa järvessä tai metsästää. Siellä voi myös pelata mölkkyä tai käydä Linnanmäellä. Mutta yksi asia jonka melkein jokainen ihminen tuntee Suomesta on sauna. Sauna on Suomen tunnusmerkki maailmalla. Kun kuulee sanan "Suomi", monille ulkomaalaisille tulee heti juuri sauna mieleen. Sauna on myös minulle tosi tärkeä, sillä minun lomani alkaa vasta sitten, kun menen ensimmäisen kerran saunaan. Sitä ennen, kun ajamme vasta lentokentältä mökille tai käymme kaupassa, loma ei tunnu vielä kokonaiselta. Paras sauna on puusauna, josta voi nopeasti mennä uimaan kylmään järveen.

Kaikki nämä asiat ovat minulle tärkeitä Suomessa, unohtamatta tietysti siellä olevia sukulaisiani.

Das beste Beispiel sind die Dudesons, die total verrückt sind. Aber auch sonst gibt es in Finnland keinen Stress, keine Not oder sonstiges Widerwärtiges. Auch wenn ich in Deutschland zur Schule gehe und Finnland nur als Urlaubsland kenne, glaube ich trotzdem, dass die Finnen so allgemein ganz ruhig sind. Sie verlieren nicht so schnell wie die Deutschen die Beherrschung und sind auch nicht so impulsiv. Die Deutschen könnten etwas ruhiger werden und nicht alles so ernst nehmen. Genau diese Dinge lassen viele Menschen glauben, dass Finnland einfach nur ein Urlaubsland ist, genau wie Mallorca, wo den ganzen Tag nur gefeiert wird. Aber Finnland hat noch eine andere Seite: Die Finnen bauen oft ein eigenes Haus, und wenn ein Finne ein Projekt beginnt, macht er nichts anderes, bis die Arbeit erledigt ist. Und auch wenn ein ganzes Haus gebaut wird, wird eine Kaffeepause erst dann eingelegt, wenn beispielsweise das Dach fertig ist.

In Finnland kann man viele lustige Dinge machen. In Finnland kann man im See baden und jagen. Man kann da auch Mölkky spielen oder den Freizeitpark Linnanmäki besuchen. Aber es gibt etwas, das fast jeder aus Finnland kennt: die Sauna. Die Sauna ist das Symbol für Finnland auf der Welt. Vielen Ausländern kommt, wenn sie das Wort „Finnland" hören, die Sauna in den Sinn. Die Sauna ist auch für mich sehr wichtig, denn mein Urlaub beginnt

erst, wenn ich in der Sauna gewesen bin. Davor, wenn wir vom Flughafen in unser Sommerhaus fahren oder einkaufen gehen, fühlt sich der Urlaub noch nicht vollständig an. Die beste Sauna ist ein Saunahäuschen aus Holz, aus dem man schnell im kalten See schwimmen kann.

All das sind für mich wichtige Dinge in Finnland, natürlich neben meinen Verwandten, die dort leben.

Übersetzer: Detlef Wilske

Richard Spiering (16 Jahre)

Ich berichte über meine Reise nach Finnland

Um 8.30 Uhr musste ich aufstehen und dann gab es Frühstück mit der ganzen Familie. Das heisst meine Gast-Mutter, Vater, Bruder, große Schwester, kleine Schwester, die andere Austauschschülerin und ich. Mein Gastvater musste an dem Tag arbeiten. Meine Gastmutter, die kleine Schwester und die andere Austauschschülerin sind um 9.30 in einen Tanzkurs gegangen. Meine große Gastschwester, mein Gastbruder und ich sind zu Hause geblieben weil wir wollten nicht mit gehen. Mein Gastbruder und ich sind um 10.30 Uhr losgegangen in den Freizeitpark in Helsinki. Meine große Schwester blieb wegen Bauchbeschwerden erstmal zu Hause. Im Freizeitpark warteten wir erstmal auf meine Gastmutter, die kleine Gastschwester und die andere Austauschschülerin. Nachdem diese da waren und wir die Eintrittstickets gekauft haben, sind wir in das erste Fahrgeschäft gegangen, was eine Teetassenfahrt war. Danach sind wir zu einer Achterbahn gegangen, in der es keine Bremsen gibt. Dort bremst ein extra ausgebildeter Achterbahnfahrer. Nachdem wir dort waren, sind wir zum Scream gegangen. Also ein riesiger Turm

Richard Spiering (16 vuotta)

Kerron matkastani Suomeen

Minun oli noustava kello 08.30, minkä jälkeen söimme aamiaista koko perheen kanssa. Perheeseen kuuluivat isäntäperheeni äiti, isä, vanhempi tytär, nuorempi tytär, toinen vaihto-oppilas ja minä. Isäntäperheen isän oli tehtävä sinä päivänä töitä. Isäntäperheeni äiti, nuorempi tytär ja toinen vaihto-oppilas menivät 09.30 tanssikurssille. Isäntäperheen vanhempi tytär ja poika sekä minä pysyimme kotona, koska emme halunneet mennä mukaan. Isäntäperheen poika ja minä lähdimme klo 10.30 Helsingin huvipuistoon. Vanhempi tytär jäi vatsavaivojen takia ensin kotiin. Huvipuistossa odotimme aluksi isäntäperheeni äitiä ja nuorempaa tytärtä sekä toista vaihto-oppilasta. Kun he olivat saapuneet ja olimme ostaneet pääsyliput, menimme ensimmäiseen huvipuistolaitteeseen, joka oli teekuppilaite. Tämän jälkeen menimme vuoristorataan, jossa ei ole jarruja. Siinä laitteessa jarruja käyttää varta vasten koulutettu vuoristoradan kuljettaja. Oltuamme tässä laitteessa menimme Scream-laitteeseen. Eli valtavaan torniin, jota noustaan hitaasti, ja sitten pudotaan syvyyksiin. Se oli uskomatonta! Sitten menimme laitteeseen, joka on saman-

wo man langsam rauffährt und dann in die Tiefe fällt. Es war unglaublich! Dann ging es weiter zu einem Fahrgeschäft, welches so ähnlich wie der der Breakdancer ist, der einzige Unterschied ist, dass die Gondel sich noch mal wie ein Rad an einem Auto dreht. Danach war mir echt übel. Aber nach ein paar Minuten ging es wieder. Die nächsten Attraktionen waren die Wikingerschaukel und eine Achterbahn im dunklen Raumschiffdesign. Nachdem wir dort raus waren, kamen meine große Gastschwester, ihr ging es besser, und noch eine Freundin meiner kleinen Gastschwester. Dann gab es was zu essen in einem Restaurant. Dort waren so hohe Preise. Das war schon wuchern. Naja danach haben wir noch viele andere Fahrgeschäfte besucht. Die Attraktion, bei der ich wirklich Angst hatte, war so was ähnliches wie eine Achterbahn. Zuerst ging es im 90° Winkel ungefähr 20 m in die Höhe, oben hingen wir dann kopfüber und dann ging es in eine Schraube und wieder runter und auf der anderen Seite wieder rauf. Darauf folgte ein freier Fall zurück. Wieder vor und dann hingen wir im 90° Winkel ein paar Sekunden da und wurden langsam zurückgezogen. Das machte dann so einen Spaß, ich habe es gleich ein zweites Mal gemacht und dann saß ich beim zweiten Mal sogar im ersten Wagen. Am Abend sind noch fast alle Gastgeber mit ihren Austauschschülern zu uns nach Hause gekommen. Die

kaltainen kuin Breakdancer. Ainoa ero on, että vaunu liikkuu vielä auton ympäri kuin pyörä. Tämän jälkeen minua huimasi oikein kunnolla. Mutta parin minuutin jälkeen olin taas kunnossa. Seuraavat vetonaulat olivat viikinkilaiva ja vuoristorata, joka kulki kuin avaruusalus linnunradalla. Kun pääsimme laitteesta ulos, tulivat isäntäperheeni vanhempi tytär, hänellä oli taas parempi olo, ja vielä eräs isäntäperheeni nuoremman tyttären ystävä. Sitten söimme ravintolassa. Siellä oli niin kovat hinnat. Se oli jo kiskontaa. No, tämän jälkeen kävimme vielä monessa laitteessa. Laite, jossa minua oikeasti pelotti, oli vuoristoradan kaltainen. Aluksi mentiin 90° kulmassa ylös noin 20 metriä, ylhäällä roikuimme ylösalaisin ja sitten menimme spiraaliin ja taas alas ja toisella puolen taas ylös. Tämän jälkeen seurasi vapaa pudotus takaisin. Sitten taas eteenpäin, ja sitten roikuimme 90° kulmassa pari sekuntia paikallamme, kunnes meidät vedettiin hitaasti takaisin. Laite oli niin hauska, että menin sen kyytiin heti uudestaan. Ja toisella kerralla istuin jopa ensimmäisessä vaunussa. Illalla tulivat melkein kaikki isäntäperheet vaihto-oppilaineen meille kylään. Suurin osa oli paikalla jo klo 18.00, mutta me tulimme vasta klo 19.30 aikaan. Koska olimme vielä huvipuistossa. Mutta isäntäperheemme vanhemmat olivat jo aikaisemmin siellä. Kun me tulimme, kaikki olivat jo paikalla. Olipa vilskettä! Suomalaiset istuivat yhdes-

meisten waren schon um 18.00 Uhr da, aber wir kamen erst um 19.30 Uhr oder so. Weil wir noch im Freizeitpark waren. Aber unser Gastgeber war schon früher da. Als wir ankamen, waren schon alle da. Es war was los! Die Finnen saßen zusammen, einige auf der Couch, einige an einem Tisch und spielten Karten und noch ein paar andere draußen auf dem Trampolin. Es wurde geredet, gespielt, gelacht und gesprungen. Wir haben außerdem Pizza gemacht. Außerdem haben mein Gastgeber und ich immer versucht, einem Mädchen auf der Couch Flips in den Mund zu werfen. Hat nur ein-, zweimal geklappt. Aber naja, war ja unser Haus, das heißt danach war noch putzen angesagt, als alle weg waren. Das war ungefähr 23.00 Uhr. Nachdem wir fertig mit putzen waren, saßen wir noch im Wohnzimmer und haben ein bisschen geredet, um 24 Uhr ungefähr war ich dann im Bett.

Es war ein sehr schöner erlebnisreicher Tag und eine wunderschöne Woche. Ich hoffe, ich kann diese wiederholen.

sä, osa sohvalla, osa pöydän ääressä korttia pelaten ja vielä muutama muu ulkona trampoliinilla. Siellä juteltiin, leikittiin, naurettiin ja hypittiin. Teimme myös pitsaa. Lisäksi yritimme koko ajan heittää juustonaksuja sohvalla istuvan tytön suuhun. Onnistuimme vain kerran tai kahdesti. Ja niin, kyseessähän oli meidän talomme, eli kaiken jälkeen, kun kaikki olivat menneet, oli vielä siivottava. Kello oli noin 23.00. Kun olimme siivonneet, istuimme vielä olohuoneessa ja juttelimme jonkin aikaa. Olin sängyssä vasta joskus puolenyön aikaan.

Päivä oli oikein mukava ja tapahtumarikas. Ja viikko oli aivan ihana. Toivottavasti saan elää ne vielä uudestaan.

Übersetzer: Lasse Poser

Sanni Marttinen (13 Jahre)

Leena in Deutschland

Der Bus hielt vor dem Schulhof. Alle Gastfamilien der Austauschschüler standen bereits da, um auf die Gäste zu warten. Leena erkannte das Mädchen ihrer Gastfamilie durch das Foto wieder, das sie zugeschickt bekommen hatte – auch sie hieß Lena. Sie kam gleich zu Leena, wirkte erst einmal ziemlich schüchtern, und auch Leena war ähnlich zumute. Gleich danach wurden die Gäste mit belegten Broten in der Cafeteria der Schule empfangen, und zwar mit Nutella drauf. Leena hatte noch nie Nutella probiert, war aber sofort begeistert davon. Nutella schmeckte so herrlich nach Schokolade, ganz anders als Butter. Danach fuhren alle Familien mit ihren Gastschülern nach Hause.

Bei der Gastfamilie zu Hause angekommen, fühlte sich Leena schon etwas mutiger und redete ganz frei, nicht erst, wenn sie etwas gefragt wurde. Zum Abendbrot gab es eine Suppe mit Weißwurst. Als sie am nächsten Tag in der Schule darüber als etwas Sonderbares erzählte, meinte die Lehrerin dazu: „Wieso, eine ganz normale Suppe mit Weißwurst?" Für Leena war sie aber nicht normal, denn zu Hause war eine Weißwurstsuppe eine klare Suppe, und in der Gastfamilie war sie es nicht gewesen.

Sanni Marttinen (13 vuotta)

Leena Saksassa

Linja-auto pysähtyi koulun pihan eteen. Kaikkien vaihto-oppilaiden perheet olivat vastassa vieraita. Leena tunnisti saamastaan valokuvasta oman isäntäperheensä tyttären, jonka nimi oli myös Lena. Tämä tuli hiukan ujosti Leenan luo ja myös Leena oli ujona. Heitä kestittiin pian koulun cafeteriassa nutellaleivillä. Leena ei ollut ikinä maistanut nutellaa, mutta piti siitä paljon. Nutellan suklainen maku maistui aivan erilaiselta kuin voi. Sen jälkeen kaikki lähtivät omien vaihto-oppilaidensa kanssa kotiin.

Kotona Leena rohkaistui sen verran, että uskalsi puhua itsekin, eikä vain vastaillut kysymyksiin. Illalla he söivät keittoa, jossa oli siskonmakkaroita. Kun Leena seuraavana päivänä kertoi siitä erityisenä kokemuksena, opettaja vain sanoi: "Eikö se ole siskonmakkarakeittoa?" Mutta ei se ollut Leenasta, ei ainakaan tavallista. Kotona siskonmakkarakeiton liemi oli kirkasta, mutta vaihtarin luona se oli ollut sameata.

Seuraavalla viikolla Leena kävi Lenan kanssa koulua joka toinen päivä ja tutustui saksalaiseen arkeen. Koulussa hän istui tunneilla ja teki muistiinpanoja niin paljon kuin pystyi. Välillä hänellä oli "Kiel-tunteja" oman luokkansa kanssa, missä he kertoivat päivistään Kielissä.

In der darauffolgenden Woche war Leena jeden zweiten Tag in der Schule, zusammen mit Lena, und lernte den deutschen Alltag kennen. In der Schule folgte sie dem Unterricht und versuchte, sich so viele Notizen zu machen, wie es nur ging. Einen Teil des Unterrichts machten die „Kiel-Stunden" aus, wo sie erzählten, was sie alles schon in Kiel gesehen und erlebt hatten. Zwischendurch gab es auch unterrichtsfreie Stunden. So etwas kam vor, wenn der Schultag sieben Unterrichtsstunden hatte. In der langen Pause gingen sie in die Cafeteria der Schule, um sich etwas zum Essen zu holen. Leena bekam aber auch etwas von der Gastfamilie zum Essen mit, denn es gab kein Schulessen.

Jeden zweiten Tag machten sie Ausflüge: nach Lübeck, um Marzipan zu kaufen, zum Hansapark, dem berühmten Vergnügungspark, und an die Ostsee, um sich mit dem Meeresleben vertraut zu machen. Leena versuchte, nicht allzu viele Fotos zu machen, doch die Speicherkarte der Kamera wurde sehr schnell voll, sie umfasste nur hundert Aufnahmen. Sie ärgerte sich darüber, denn die anderen konnten mit ihren Fotoapparaten fast tausend Fotos machen. Lena hatte wiederum gar keinen Fotoapparat, sondern nur ein Handy mit Kamera, doch diese Fotos wurden unscharf.

Abends und am Wochenende verbrachten die Austauschschüler ihre Zeit mit den Gastfamilien. Leenas Gastfamilie besuchte mit ihr

Heillä oli hyppytuntejakin, jos koulua oli yli seitsemän tuntia päivässä. Joskus pitkällä välitunnilla he kävivät koulun cafeteriassa ostamassa vähän syötävää. Leena sai myös evästä kotoa, sillä koulussa ei ollut kouluruokailua.

Joka toinen päivä he kävivät erilaisilla retkillä: Lyypekissä marsipaaniostoksilla, Hansaparkissa huvipuistossa ja Itämeren rannalla mereneläviä tutkimassa. Leena yritti ottaa niin vähän kuvia kamerallaan kuin vain pystyi, mutta muistikortti tuli nopeasti täyteen. Siihen mahtui nimittäin vain sata kuvaa. Häntä harmitti, kun muut pystyivät ottamaan kameroillaan lähes tuhat kuvaa. Leenan kaverilla taas ei ollut kameraa ollenkaan, paitsi kännykän kamera, mutta sillä sai otettua vain epäselviä kuvia.

Illat ja viikonloput he viettivät perheiden kanssa. Leenan perhe kävi usein erilaisissa museoissa ja tapahtumissa. Paras ilta oli, kun museot ja museolaivat olivat yhden illan ilmaisia kaikille. Leena, Lena ja tämän isä kävivät ensin muutamassa museossa ja sitten museolaivalla. Sen seilatessa kanavalla nousi ukkosmyrsky ja kaikki matkustajat ahtautuivat kannen alle. Kun laiva tuli satamaan, osa ihmisistä lähti pois, mutta he jäivät uudelle kierrokselle odottamaan ukkosen loppumista. Lenan isä soitti kuitenkin Lenan äidille ja toisen kierroksen jälkeen äiti oli vastassa autolla satamassa. Tytöt ja Lenan isä juoksivat kaatosateessa ja ukkosessa

viele Museen und auch viele Veranstaltungen. Das Beste war, als die Museen und Museumsschiffe an einem bestimmten Abend freien Eintritt hatten. Leena, Lena und deren Vater besuchten zunächst einige Museen und dann ein Museumsschiff. Als das Schiff im Kanal unterwegs war, kam auf einmal ein heftiges Gewitter auf, und sämtliche Gäste mussten Schutz unter dem Deck suchen. Als das Schiff im Hafen ankam, verließ ein Teil der Passagiere das Schiff, während andere an Bord blieben und auf das Ende des Unwetters warteten. Lenas Vater rief seine Frau an, und nach der zweiten Tour wartete sie schon mit dem Auto im Hafen auf sie. Die Mädchen und Lenas Vater rannten durch den Platzregen und das Gewitter zum Parkplatz und stiegen ein. Als sie nach Hause kamen, war es schon Mitternacht.

Nicht alle Gastfamilien waren so aktiv mit ihren Austauschschülern, aber das konnte auch damit zusammenhängen, dass sie zu Hause viel zu tun hatten. Eine Freundin von Leena war zum Beispiel in einer Familie zu Gast, die eine Landwirtschaft mit vier Pferden hatte, und sie waren oft Reiten. Auch Leena durfte sie einige Male besuchen und das Reiten ausprobieren. Das machte ihr Spaß, allerdings hatte sie beim zweiten Mal das Gefühl, dass die Gastgeber etwas genervt waren. Vielleicht hatten sie schon die Gäste satt, die man ständig unterhalten musste.

parkkipaikalle ja auton kyytiin. Kotiin palatessa kello oli jo kaksitoista yöllä.

Kaikkien oppilaiden vaihtoperheet eivät käyneet niin monessa paikassa, mutta näillä saattoi olla kotona paljon tekemistä. Esimerkiksi eräs Leenan kaverin vaihtoperhe omisti maatilan ja neljä hevosta ja he ratsastelivat paljon. Leenakin pääsi pari kertaa heille ja sai kokeilla ratsastamista. Se oli mukavaa, mutta toisella kerralla Leenasta tuntui, että isäntäperhe oli vähän ärtynyt. Ehkä he alkoivat jo kyllästyä vieraisiin, joita piti koko ajan huvittaa.

Joka tapauksessa Leenalla oli hauskaa molemmat viikot, jotka he olivat Saksassa. Hänellä ei ollut koti-ikävääkään, vaikka oli lähtiessä sitä pelännyt; hän lähetteli viestejä kotiin harvoin. Hän suri lähtöpäivänä eroamista vaihtoperheestään ja Saksan tavoista. Kotona ei joka päivä olisi tapahtumia. Mutta vaihtoperhe lupasi lähetellä sähköpostia hänelle ja olisihan hänellä aina valokuvat, joita voisi katsella. Leena oli myös kirjoittanut päiväkirjaa joka päivä Saksassa ja muistaisi sen avulla kaiken vielä pitkään.

Kahden viikon kuluttua Leena istui huoneessaan kotona Suomessa. Hän alkoi muistella Saksaa ja tahtoi lukea päiväkirjansa vielä kerran lävitse. Mutta sitä ei löytynyt mistään. Leena etsi huoneestaan, hyllyiltä, kaapeista, matkalaukustakin ja sen jälkeen koko talosta. Mutta päiväkirjaa ei löytynyt. Oliko se sittenkin jäänyt Saksaan, tai lentokoneeseen, Leena

Leena hatte eine schöne Zeit in den beiden Wochen, die sie in Deutschland verbrachte. Sie hatte nicht einmal Heimweh, was sie bei der Abfahrt von zu Hause befürchtet hatte. Kaum dachte sie daran, Textnachrichten nach Hause zu schicken. Am letzten Tag fiel es ihr schwer, sich von der Gastfamilie und von all den deutschen Sitten und Gebräuchen zu verabschieden. Zu Hause in Finnland würde es nicht jeden Tag Programm und Veranstaltungen geben. Doch ihre Gastfamilie versprach ihr, per E-Mail mit ihr in Verbindung zu bleiben, und sie hatte ja auch ihre eigenen Fotos, die sie betrachten konnte. Leena hatte außerdem jeden Tag Tagebuch geführt und konnte sich daher über eine längere Zeit an alles erinnern.

Zwei Wochen nach ihrer Rückkehr saß Leena in ihrem Zimmer in Finnland. Sie fing an, sich an Deutschland zu erinnern und wollte ihr Tagebuch noch einmal durchlesen. Doch das Tagebuch war nirgends zu finden. Leena suchte überall, auf den Regalen, in den Schränken, sogar im Koffer und überall im ganzen Haus. Doch das Tagebuch war verschwunden. Leena war erschüttert und fragte sich, ob das Tagebuch vielleicht doch in Deutschland oder im Flugzeug liegengeblieben war. Beim Großputz vor Weihnachten versuchten sie noch einmal, das Tagebuch zu finden, doch wieder ohne Erfolg. Vielleicht war es irgendwo im Müll am Flughafen gelandet. Leena wusste nicht mehr weiter.

mietti katkerasti. Vaikka he tekivät jouluna suursiivouksenkin, he eivät löytäneet päiväkirjaa. Ehkä se oli jossain roskiksessa lentokentällä. Leena ei tiennyt.

Vaikka Leena yrittikin muistaa kaiken tapahtuneen, muistot alkoivat hävitä. Kahden vuoden päästä hän muisti vain joitakin pääkohtia matkasta. He muuttivat samana vuonna ja jättivät osan huonekaluista vanhaan taloonsa. Kuukauden kuluttua uudet asukkaat tulivat käymään ja toivat samalla kadonneen päiväkirjan. Se oli luiskahtanut jonkin kaapin taakse seinän rakoon.

Leena luki päiväkirjansa heti ja eli kaikki menneet hetket uudestaan. Hän nauroi omille ihmettelyilleen, erityisesti kummalliselle siskonmakkarakeitolle.

Übersetzerin: Suvi Wartiovaara

Leena versuchte, sich mit Hilfe des Gedächtnisses an alles zu erinnern, doch langsam verblassten die Erinnerungen. Zwei Jahre später konnte sie sich nur noch an einige wichtige Ereignisse der Reise erinnern. Im gleichen Jahr zog die Familie um und ließ einen Teil der Möbel im Haus stehen. Einen Monat nach dem Umzug kamen die neuen Bewohner des Hauses vorbei und brachten das Tagebuch mit. Es war hinter einem Schrank in eine Ecke der Wand heruntergerutscht.

Leena las das Tagebuch sofort wieder durch und lebte noch einmal alle ihre Erlebnisse mit. Sie musste über sich selbst lachen, vor allem über ihre Verwunderung wegen der komischen Suppe mit der Weißwurst.

Jennifer Paech (18 Jahre)

Schüleraustausch nach Finnland

Wer einmal darüber nachdenkt, in welchen Ländern er schon gewesen ist, wird wohl Finnland nur selten in die Liste mit aufnehmen.

Und woran denkt man beim Thema Finnland? Wohl nicht an viel mehr, als Rentiere, eine schöne heiße Sauna und Sänger in Monsterkostümen. Genauso ging es mir auch.

Eines Tages jedoch hing bei uns in der Schule ein Zettel am schwarzen Brett: SCHÜLERAUSTAUSCH NACH FINNLAND hieß es darauf.

Ich fand gleich, dass das interessant klang, ging zum angekündigten Treffen und bevor ich mich versah, hatte ich auch schon einen Zettel mit den Daten meiner Austauschschülerin in der Hand.

Ohne Ahnung, was mich erwartete und etwas nervös nahm ich sofort Kontakt mit ihr auf und stellte fest, dass sie sehr nett war und zudem auch noch super Deutsch sprach.

Im Frühling machten wir uns dann endlich auf den Weg zum Flughafen. Und nach gefühlten zwei Tagen landete das Flugzeug dann endlich auf finnischem Boden.

Nach einem herzlichen Willkommen unserer Gastgeber ging es dann nach Hause. Und ich konnte feststellen: Die Finnen haben zwar etwas andere Gewohnheiten als wir, aber

Jennifer Paech (18 vuotta)

Oppilasvaihtoon Suomeen

Se joka tulee joskus pohtineeksi, missä maissa on jo käynyt, taitaa vain harvoin liittää listalleen Suomea.

Ja mitä Suomesta tulee mieleen? Tuskin paljon muuta kuin porot, miellyttävän lämmin sauna ja hirviöasuiset laulajat. Niin oli minunkin kohdallani.

Kunnes eräänä päivänä koulumme ilmoitustaululla riippui lappu: OPPILASVAIHTOON SUOMEEN, siinä luki.

Ajattelin heti, että se kuulosti kiinnostavalta, menin ilmoitettuun tapaamiseen ja ennen kuin huomasinkaan, kädessäni olikin jo lappu, jossa lukivat vaihtarisiskoni tiedot.

Täysin tietämättä, mikä minua odotti ja hieman hermostuksissani otin häneen heti yhteyttä ja totesin, että hän oli tosi mukava ja puhui sitä paitsi älyttömän hyvin saksaa.

Keväällä lähdimme vihdoin lentokentälle. Ja ikuisuudelta tuntuneen ajan jälkeen lentokone vihdoin laskeutui Suomen kamaralle.

Isäntäperheiden sydämellisen tervetulotoivotuksen jälkeen suuntasimme kotiin. Ja sain todeta: suomalaisilla tosin on hieman eri tavat kuin meillä, mutta HITON HYVÄÄ RUOKAA ja he ovat todella vieraanvaraisia!!! Sen lisäksi suomi osoittautui hyvin hupaisaksi mutta mielenkiin-

VERDAMMT GUTES ESSEN und sie sind ausgesprochen gastfreundlich!!! Zudem stellte sich Finnisch als ausgesprochen lustige, aber auch interessante Sprache heraus, von der ich leider kein Wort verstand …

Wer würde denn schon darauf kommen, „YKSI, KAKSI, KOLME" mit „eins, zwei, drei" zu übersetzen?! Auch vom Unterricht, den wir in den nächsten Tagen in der Schule besuchten, verstand ich kein Wort, hatte aber trotzdem viel Spaß. Außerdem lernten wir Helsinki und die finnische Kultur und Natur kennen und erlebten den ersten Mai, an dem alle Abiturienten und Arbeiter in weißen Anzügen herumlaufen und das ganze Land feiert.

Weitere Höhepunkte waren der Besuch der alten Festung Suomenlinna und unser Tagesausflug nach Tallinn, der Hauptstadt von Estland.

Einen Tag hatte ich auch das Glück, mit sechzig finnischen Schülern in der Schule zu übernachten und noch mehr typisch Finnisches, wie zum Beispiel ein Kinderlied oder verschiedene Spiele kennenzulernen.

Leider war die Woche viel zu schnell um, und ich musste das gute Essen und meine Gastschwester verabschieden und zurück nach Deutschland fliegen.

Ich kann aber auf jeden Fall sagen, dass dieser Austausch die beste Erfahrung war, die ich je gemacht habe, denn ich habe viele Freunde

toiseksi kieleksi, josta en valitettavasti ymmärtänyt sanaakaan...

Kuka nyt muka hoksaisi, että "YKSI, KAKSI, KOLME" kääntyy saksaksi "eins, zwei, drei"?! Koulun oppitunneillakaan, joille seuraavina päivinä osallistuimme, en ymmärtänyt sanan sanaa, mutta viihdyin silti tosi hyvin. Lisäksi tutustuimme Helsinkiin ja suomalaiseen kulttuuriin ja luontoon ja osallistuimme vapun viettoon, jolloin kaikki ylioppilaat ja työläiset kulkevat valkoisissa puvuissa ja koko maa juhlii.

Matkan muita kohokohtia olivat käynti Suomenlinnassa ja päiväretki Tallinnaan, Viron pääkaupunkiin.

Yhtenä päivänä sain myös ilokseni yöpyä kuudenkymmenen suomalaisen oppilaan kanssa koulussa ja oppia vielä lisää suomalaisuudesta, kuten lastenlaulun ja erilaisia pelejä.

Valitettavasti viikko oli ohi ihan liian pian, ja minun piti jättää hyvästit hyvälle ruualle ja vaihtarisiskolleni ja lentää takaisin Saksaan.

Voin kuitenkin sanoa, että vaihto oli elämäni paras kokemus, koska tutustuin moniin uusiin ystäviin. Ja kuinka muutoin voisikaan saada niin syvällisen kuvan vieraasta kulttuurista kuin asumalla paikallisen perheen luona?!

Übersetzerin: Anne Mäkelä

kennengelernt und wann erhält man sonst schon so einen tiefen Einblick in eine fremde Kultur, als wenn man dort in einer Familie lebt?!

Niklas H. Tonnätt (17 Jahre)

Meine Finnlandreise

FINNLAND, HELSINKI – SONNTAG 07.09.2014

Mit einem fast wolkenlosem Himmel mit über 21 Grad Sonne, hatte ich am Sonntag den 07.09. das Glück, mit meiner tollen Gastfamilie im Nationalpark von Helsinki wandern zu können. Wie auch die meisten Finnen, waren alle Mitglieder der Familie aktiv und sportbegeistert. Die Reise in den Wald hat mich viel Erfahrung sammeln lassen, denn ich habe nicht nur neue Arten von Pilzen und Beeren entdeckt, sondern hat mir auch gezeigt, dass ich sportlich sehr aktiv werden kann, wenn ich den Willen dazu habe, denn ich, als Großstadtmädchen, bin über 10 km in der prallen Sonne auf und ab gelaufen und die Belohnung dafür waren gegrillte Würstchen und Schokolade zum Nachtisch. Als wir dann zuhause ankamen, habe ich entdeckt, dass ich Besucher mitgebracht hatte. 3 schwarze Käfer, die auf meinem Körper weiter wandern wollten. Natürlich hieß es für mich gleich danach, ab in die Sauna und unter die Dusche, um gründlich den Schmutz loszuwerden. Nichtsdestotrotz werde ich den Ausblick aus den Bergen und den Spaß am Pilze sammeln nicht vergessen.

Als Abschiedsgeschenk von meiner finnischen Schwester habe ich Eintrittskarten für

Niklas H. Tonnätt (17 vuotta)

Suomen-matkani

SUOMI, HELSINKI – SUNNUNTAINA 7. SYYSKUUTA 2014

Voi minua onnenpekkaa! Taivas oli melkein pilvetön, ulkona yli 21 astetta lämmintä, ja mahtava isäntäperheeni oli päättänyt viedä minut sunnuntaina 7. syyskuuta Helsingin luonnonpuistoon patikoimaan. Useimpien suomalaisten tavoin myös minun isäntäperheeni oli innostunut urheilusta ja muutenkin aktiivinen. Metsäretkellä sain paljon arvokkaita kokemuksia, sillä tutustuin moniin uusiin sieni- ja marjalajeihin, mutta sen lisäksi tajusin, että minussakin on urheilijan aineksia, jos vain tahtoa on riittävästi. Minä, kaupunkilaistyttö, jaksoin taivaltaa mäkiä ylös ja toisia alas yli 10 kilometrin matkan auringon kuumottaessa – ja palkaksi siitä sain grillata makkaroita, ja jälkiruoaksi oli vielä suklaatakin. Kun pääsimme kotiin, huomasin, että mukaan oli eksynyt salamatkustajia, kolme mustaa kuoriaista, jotka olisivat mielellään jatkaneet tutkimusmatkaansa kehoani pitkin. Ne löydettyäni päätin mennä heti paikalla saunaan ja suihkuun päästäkseni eroon kaikesta liasta. Mutta väliäkö hällä, paljon tärkeämpiä olivat hienot metsäisiltä mäiltä avautuneet maisemat ja sienestämisessä saamani kokemus.

einen Kinofilm bekommen, den ich mit ihr gemeinsam schauen konnte. Als wir dann erschöpft nach Hause kamen, aßen wir das tolle Essen von ihren Eltern, die super Köche sind. Hühnchenkeulen die super gewürzt waren und nicht zu vergessen 2 Arten von Pilzsoßen, welche natürlich eigenhändig von uns gesammelt wurden. Gleich danach hieß es, ab ins Bett und ausruhen, denn der Montag wartete noch auf mich.

Montag, 08.09.2014

Für manche in unserer Gruppe mag es früh sein, wenn wir am Montag um neun Uhr vor dem Kampin keskus, einem zentralen Busbahnhof und Einkaufszentrum, welches von uns nur Kamppi, eigentlich der Name des helsinkier Stadtteils, in dem es liegt, genannt wird. Vermutlich stand dies in einem der Stadtpläne, bei denen der Deutsche froh ist ein Wort in diesem Wust aus unmerkbaren fremden Buchstabenkombinationen wiederzuentdecken. Es gibt schon wenige, auf den ersten Blick erkenntliche, Ähnlichkeiten zu deutschen Wörtern. Wie es üblich scheint, kommt Einer aus der, an diesem Tag vor allem aus Deutschen bestehenden, Gruppe zu spät.

Der erste Punkt auf dem Plan unseres letzten Tages in Finnland ist das Goethe-Institut, welches in der Nähe liegt. Dort werden wir über dessen Arbeit informiert. Unsere Gruppe interessiert sich natürlich nur oberflächlich für

Läksiäislahjaksi sain isäntäperheeni tyttäreltä elokuvalipun, ja menimmekin yhdessä vielä katsomaan elokuvan. Kun tulimme sieltä kotiin, meitä odotti upea ateria, jonka hänen vanhempansa olivat valmistaneet. He ovat kumpikin aivan loistavia kokkeja, ja ruokana oli hienosti maistettuja kanankoipia ja kohokohtana kaksi erilaista sienikastiketta – tietenkin juuri meidän keräämistämme sienistä. Sitten enää pää tyynyyn ja nukkumaan, sillä maanantaipäivä oli vielä odottamassa.

MAANANTAINA 8. SYYSKUUTA 2014

Kokoonnumme kaikki yhdessä maanantaina klo 9 – joidenkin mielestä varmaankin aika varhain aamulla – Kampin keskuksessa, joka on samalla kertaa keskuslinja-autoasema ja ostoskeskus. Kutsumme sitä lyhyesti vain Kampiksi, mikä on itse asiassa sen Helsingin kaupunginosan nimi, jossa se sijaitsee. Varmaankin Kampin nimi olisi löytynyt myös saamistamme kaupungin keskustan kartoista, joista meidän saksalaisina oli vaikeaa ottaa selvää – olimme iloisia, jos sieltä löytyi edes yksi sana, joka ei vaikuta niin omituiselta kirjainyhdistelmältä. Heti ensi silmäykseltä tutulta vaikuttavia sanoja on todella vähän. Yksi ryhmästämme, joka tänään koostuu lähinnä saksalaisista vaihto-oppilaistamme, saapuu, kuten tavallista, myöhässä paikalle.

Viimeisen Suomen-päivämme ensimmäinen ohjelmanumero on vierailu Goethe-instituutis-

die Ostseeprojekte oder das Bereitstellen deutscher Zeitungen in Drittweltländern durch das Institut. Deutsch könne man schon und wahrlich, in einem Land wie Finnland soll das Goethe-Institut vor allem der kulturellen und sprachlichen Zusammenarbeit dienen.

Dabei sollten gerade die Finnen Entwicklungshilfe beispielsweise im Bildungssektor in Deutschland leisten. Der nächste Programmpunkt nach dem Besuch im Goethe-Institut ist nämlich ein letzter Besuch im Unterricht in unserer finnischen Gastgeber-Schule in Olari, Espoo, wie wir ihn in der vergangenen Woche schon besuchen durften. Dieser unterscheidet sich grundsätzlich von dem in Deutschland. Auffallend ist der hohe Technisierungsgrad im Unterricht. Auch bei den Schülern – diese dürfen ihre subventionierten Tablett-Rechner auch im Unterricht benutzen. Dies führt zu einer sich aus deutscher Sicht komisch anfühlenden Situation: Während in Deutschland die Lehrer auf Aufmerksamkeit auf ihre Person bestehen, ist dies in Finnland gänzlich anders. Die Rechner werden nämlich nicht nur für unterrichtsnahe Themen verwendet, sondern beispielsweise auch um sich im Englischunterricht über Backrezepte zu informieren. Gerade vermutlich deswegen ist es im dortigen Unterricht so ruhig. Der finnische Lehrer hält so etwas wie eine Vorlesung und die Schüler hören zu, können zuhören, weil es ja ruhig ist. Und mitgearbeitet

sa, joka sijaitsee hyvin lähellä Kampin keskusta. Siellä meille kerrotaan instituutin toiminnasta. Meidän ryhmämme jäseniä ei niin kovin paljoa kiinnosta kuulla jostain Itämeri-projektista tai siitä, minkä verran saksalaisia sanomalehtiä on saatavilla kehitysmaissa. Saksaa me jo sitäpaitsi osaamme, ja jos totta puhutaan, Suomen kaltaisessa maassa Goethe-instituutin tehtävänä olisi edistää ennen kaikkea kulttuuriin ja kieleen liittyvää yhteistyötä.

Itse asiassa juuri suomalaisten tulisi harrastaa kehitysyhteistyötä juuri Saksassa, koulutuksen alalla. Päivän seuraava ohjelmanumero on viimeinen käynti isäntäkoulussamme Olarissa, jossa olimme käyneet jo Suomen-viikkomme alussakin. Opetustilanteet ovat oleelliselta osin täysin erilaisia kuin Saksan vastaavat. Erityisen silmiinpistävää on laaja tekniikan käyttö apuvälineenä. Tämä koskee myös koululaisia itseään, jotka saavat käyttää subventoituja tablet-tietokoneita myös oppituntien aikana.

Saksalaisesta näkökulmasta katsottuna tilanne näyttää jossain määrin erikoiselta: Siinä missä saksalaiset opettajat huolehtivat siitä, että he itse saavat kaiken huomion, on tilanne Suomessa aivan toinen. Tietokoneita ei nimittäin käytetä pelkästään silloin, kun niistä on apua opetustilanteessa käsiteltävien aiheitten kannalta, vaan vaikkapa etsittäessä leipomisreseptejä englannintunnin aikana. Varmaankin

und -gedacht wird trotzdem noch. So wird man also Testsieger in weltweiten und Europavergleichen. Gerechterweise muss ich dazu sagen, dass ich nur Sprachunterricht besucht habe. Spannend zu beobachten ist das Lernen der eigenen Muttersprache von Nicht-Muttersprachlern. Auf einmal muss man auch darüber nachdenken, wie denn die eigene Sprache funktioniert und was diese besonders macht bekommt man mit etwas Glück auch noch mit.

Nach der Schule ist noch etwas Zeit, die letzten Sachen in die Koffer zu packen, bis es dann auch schon zum Flughafen geht. Manch einer hadert noch mit sich, ob er Finnland, in dem Vieles anders und Vieles sehr viel besser läuft als in Deutschland, verlassen soll.

Aus dem Flugzeug sieht man noch die Bäume, Seen und kleinen Häuser, die wohl dazu gehören, wegschweben, bis Wolken einem die Sicht versperren.

Man wird wiederkommen!

juuri sen vuoksi tunnilla onkin niin rauhallista. Suomalainen opettaja pitää tunnin eräänlaisen luennon muodossa, ja koululaiset kuuntelevat – ja pystyvät siis myös kuulemaan haluamansa, koska tunnilla on rauhallista. Siitä huolimatta kaikki tekevät koko ajan töitä ja myös ajattelevat itse. Näillä eväillä suomalaiset koululaiset siis pääsevät voittosijoille Euroopan- ja maailmanlaajuisissa kisoissa. – Rehellisyyden nimissä on myönnettävä, että osallistuin ainoastaan kielenopetukseen. Oli aika jännittävää päästä seuraamaan, miten muut oppivat minun omaa äidinkieltäni. Yhtäkkiä sitä joutuikin miettimään, miten oma kieli toimii, ja parhaassa tapauksessa ymmärtää jopa senkin, mikä siinä on erityislaatuista.

Koulun jälkeen jää vielä vähän aikaa pakata viimeiset tavarat matkalaukkuun, ennen kuin lähdemme kentälle. Moni tuntuu miettivän, pitäisikö sittenkin saman tien jäädä Suomeen, jossa niin moni asia on toisin tai jopa paremmin kuin Saksassa.

Lentokoneesta ehdimme vielä nähdä etäisyyteen katoavia puita, järviä ja talojakin, kunnes pilvet peittävät kaiken näkyvistä.

Aivan varmasti tulemme vielä jonakin päivänä takaisin Suomeen!

Übersetzerin: Suvi Wartiovaara

Das finnische Buch e. V.

Der Verein „Das finnische Buch" ist 2009 von Leuten, die sich Finnland, seinen Bewohnern und seiner Kultur so sehr verbunden fühlen, dass sie das gegenseitige Interesse an Sprache und Kultur der Finnen und Deutschen fördern möchten, gegründet worden. Ziel des Vereins ist es, finnische Literatur in Deutschland noch bekannter zu machen. Zum Beispiel durch Lesungen, auch und gerade mit den finnischen Autorinnen und Autoren, deren Bücher ins Deutsche übersetzt wurden. Neben den eigenen Aktivitäten unterstützt der Verein literarische Veranstaltungen von Organisationen gleichen Sinnes wie dem Finnland-Institut in Deutschland und der Deutsch-Finnischen Gesellschaft.

Nähere Informationen finden Sie unter www.das-finnische-buch.de.

Der Verein ist als gemeinnützig anerkannt.

Rekisteröity yhdistys
Das finnische Buch

Yleishyödyllinen Das finnische Buch -yhdistys perustettiin vuonna 2009, ja sen perustajajäseniä yhdisti kiinnostus Suomea, sen asukkaita ja sen kulttuuria kohtaan samoin kuin pyrkimys herättää keskinäistä kiinnostusta sekä Suomen että Saksan kieltä ja kulttuuria kohtaan. Yhdistyksen tarkoituksena on tukea suomalaisen kirjallisuuden tunnetuksi tekemistä ja järjestämällä muun muuassa lukutilaisuuksia, joihin kutsutaan suomalaisia kirjailijoita, joiden teoksia on käännetty saksaksi. Omien tilaisuuksiensa lisäksi yhdistys tukee myös muiden tahojen kuten Suomen Saksan-instituutin sekä Saksalais-Suomalaisen Seuran järjestämiä kirjallisuusaiheisia tilaisuuksia.

Lisätietoja osoitteesta www.das-finnische-buch.de.